ハヤカワ・ミステリ文庫
〈HM㊴-15〉

三年間の陥穽

〔上〕

アンデシュ・ルースルンド
清水由貴子・下倉亮一訳

早川書房
8947

SOVSÅGOTT

by

Anders Roslund

Translated by
Yukiko Shimizu & Ryoichi Shitakura
First published 2023 in Japan by
Hayakawa Publishing, Inc.
Published by agreement with
Salomonsson Agency
Japanese translation rights arranged through
Japan UNI Agency, Inc.

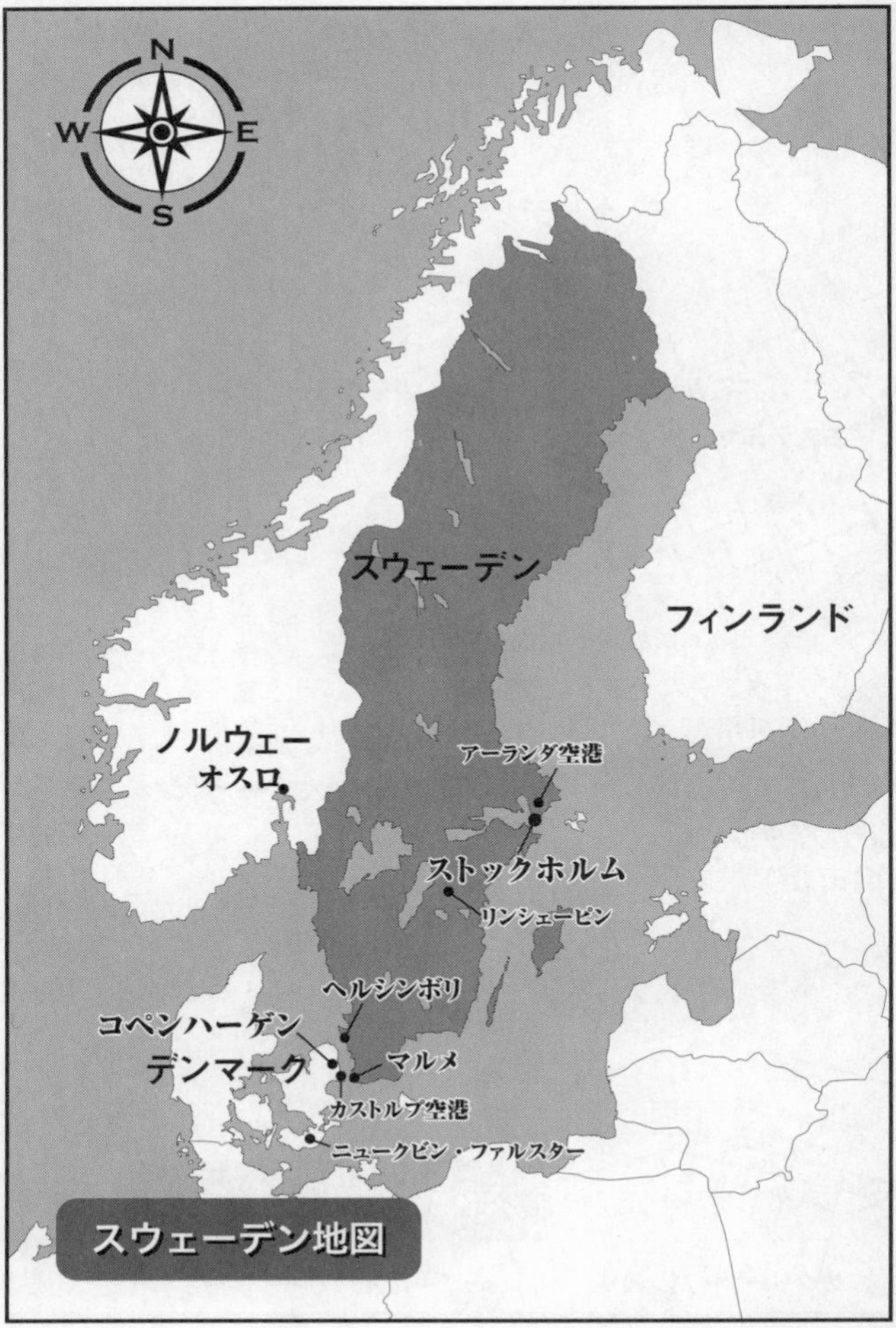
N
W
E
S
スウェーデン
フィンランド
ノルウェー
オスロ
アーランダ空港
ストックホルム
リンシェーピン
ヘルシンボリ
コペンハーゲン
デンマーク
マルメ
カストルプ空港
ニュークビン・ファルスター
スウェーデン地図

→至　リディンゲ橋
ヴァータハムネン港
リディンゲ島
テーゲルウッド通り
エーレグルンド通り
ヤーデット
ヴァルハラ通り
エステルマルム
エステルマルム広場
・グスタフ・アドルフ広場
・外務省
ユールゴーデン
ガムラスタン
(旧市街)
ストックホルム詳細図
カタリーナ・バン通り
→至　グスタフスベリ

N
W
E
S
↑至　ソルナ
カロリンスカ
大学病院
ヴァーナディース通り
ヴァーナディースルンデン公園
スヴェア通り
ヴァーサスタン
ノルマ
聖クララ教会
聖ヨーラン病院
クングスホルメン
クロノベリ地区
ベリィ通り
警察本部
ストックホルム
中央駅
ヴェステル橋
セーデルマルム
ホルン通り
リング通り
ストックホルム南病院
至　エンシェーデ↓
←至　ファールホルメン

三年間の陥穽

〔上〕

登場人物

エーヴェルト・グレーンス……………ストックホルム市警警部
エリック・ウィルソン…………………同犯罪捜査部部長
スヴェン・スンドクヴィスト
マリアナ・ヘルマンソン ………同警部補
ピート・ホフマン・コズロウ…………元潜入捜査員
ソフィア…………………………………ピートの妻
ヒューゴー………………………………ピートとソフィアの長男
ラスムス…………………………………ヒューゴーの弟
ルイザ……………………………………ヒューゴーとラスムスの妹
リニーヤ・ディーサ・スコット………失踪した少女
ヤーコプ…………………………………リニーヤの双子の兄
マティルダ………………………………リニーヤとヤーコプの妹
ウィリアム………………………………マティルダの弟
ビエテ……………………………………デンマークのIT専門家
ビリー……………………………………ITの天才青年

第一部　墓地はつねに寒い

眩暈《めまい》がする。

いまにも倒れそうだ。

彼はぐっとこらえた。いつものように。

深呼吸。

目を閉じて、待つ。

それが過ぎ去るまで。世界が回転するのをやめ、心の底から好きな花に手を伸ばせるようになるまで。愛の草。そう呼ばれている花。毎年夏の終わりに、誇らしく可憐に咲きこぼれる背の高い植物。つかの間、エーヴェルト・グレーンスは腰の痛みを忘れて落ち葉をかき集め、やがて薄紅色の細かな花びらが寄り集まって咲く花の蕾にじょうろで水をやった。そして、白い十字架にゆっくりと手を這わせる――精いっぱい彼女に身を寄せて。簡素な真鍮のプレートに刻まれた、彼女の名の形をした溝を指先でなぞる。生涯でただひとり抱きしめ、抱きしめられた女性。

会いたい。

ずいぶん長いあいだ、ここまで来る気にはなれなかった。北墓地の東側の区画。何度となく開いた門のそばに車を駐めては、整った箒目《ほうきめ》を乱しつつ、曲がりくねった砂利道を重い足取りで進んだ。死者を悼む木立や、地面から突き出た墓石に見守られながら。ところが近くまで来ると、たちまち胸が苦しくなり、脚は意欲を失って、彼は引き返して車で警察本部へ戻った。オフィスのコーデュロイのソファーへ、擦り切れたクッションに身をゆだねて、心からくつろげる場所へ。ある朝、ようやく理解するまで――最も恐れていることとは、すでに起こっていると。そして、そのことに気づいたら、前に進みつづけなければならない。でないと恐怖に追いつかれ、またしても押し倒されてしまうかもしれない。

会いたい、だが昨日ほどではない。

空になったじょうろを用具置き場のフックにかけ、レーキを戻そうとしたとき、エーヴェルト・グレーンスはまたしても眩暈に襲われた。全身をうねる激しい波――日増しに手に負えなくなる強い力――に、木の柵にもたれて倒れないようにするのが精いっぱいだった。アンニがこの場にいたら、有無を言わさず病院に引きずっていかれただろう。だが、彼自身は白衣の人間とのかかわりを避けていた。

これまでのようにじっと動かずに、厄介な荒波がおさまるまで待つ。けれども、いつまで経っても波は引かず、すっかり自分専用となったベンチに腰を下ろして、どこぞの役人が一九B区画、六〇三番と名づけた芝の一画を見つめた。にぎやかで交通量の多いスヴェア通りの自宅から、ソルナ教会通り沿いにある手入れの行き届いた広大な敷地までの二キロメートルを移動するまでに、数年の月日を要した。無数の人々に囲まれて彼女が眠る、この場所に目を向けるまでに。三万基もの墓のたった一基に。互いに眠りを妨げないように少しずつ距離を置きつつも、寂しくないように離れすぎずに並ぶ墓の。

八月の風が頬や髪を撫でるに任せた。頬はあのころよりもざらつき、髪もここに足を運ぶごとに薄くなっていく気がする。そして彼は感じた。静けさを。身体の内側にも。少しのあいだ、眩暈を追いやるほどの。

そのとき、ちょうどその場所で、足元の地面が隆起しはじめた。

世界が揺れ出す。

グレーンスはとっさにあたりを見まわした。揺れているのは世界ではなかった。ベンチだった。ここに来るたび、ひとりきりで腰かけているベンチ。ところがいまは、ほんの五十センチほど間隔を空けて、女性がひとり座っていた。彼のベンチに。

すぐ隣に、無言で、彼には見向きもせずに。

グレーンスは用心深く目を向けた。見たところ同年代で、ショートカットの黒髪に、恐怖からも恥からも視線をそらさないような目。どこかマリアナ・ヘルマンソンを思わせる。彼にとって信頼の置ける数少ない人物で、彼自身が採用し、はるかに経験豊富な部下たちを差し置いて昇進させた。長年にわたって最も親しい同僚のひとりで、それゆえ最も親しい友人のひとりだったが、ある捜査が終わったとき、これ以上彼に耐えられないと言って、とつぜん転属を告げられた。グレーンスは責めなかった。自分自身に耐えられないことも、しょっちゅうあったからだ。それ以来、ヘルマンソンとは会っていない。しばしばほかの誰かに彼女の面影を見るのは、おそらくそのせいだろう。

数分が経過した。やがて見知らぬ女性は口を開いた。

「どなたかの死を悲しんでいるんですか？」

じっと前を見つめたままだった。

「だって、ここではみんなそうするものでしょう？」

グレーンスは答えなかった。

「ごめんなさい――邪魔されたくないんですね。ただ、わたしのベンチに誰かが座っていたのは初めてだから」

今度は黙っていられなかった。

「あんたのベンチ？」

女性はほほ笑んだ。

「わたしのものではないわ。そうじゃなくて、ここではいつも……ひとりだから。この区画は閑散としているもの」

ふたりはしばらく無言で座っていた。

女性はまっすぐ前を見つめ、グレーンスもまっすぐ前を見つめている。

あたりは静まり返っていた。

「妻だ」

グレーンスは数メートル先の白い十字架をあごで指した。

「名前はアンニ。よく考えたら……」

「何かしら」

「あんたに少し似てる」

「どういうこと？」

「いや……とにかく、ここにいるのは妻のためだ。彼女の死を悲しんでいる」

隣の女性はうなずいた。彼を哀れんでいる様子ではない。誰もが死者に会いに来る場所では、そんなことをしても無意味だ。それよりも彼の言いたいことを理解して、無理もないと思っているようだった。

「どれくらいになるんですか？　奥さまが亡くなられて」

「考え方にもよる」

「というと？」

「妻は……仕事中に事故に遭った。三十五年前。車に頭を轢かれた。俺の過失だ。それ以来、口をきくこともなく、生きる機能を失った。だが、俺から見たら生きていた。周りの連中は、もう死んだものと見なしていたが。それから本当に心臓が止まったのは——ちょうど十年前のことだ」

「あなたにとっては？」

「もう少し短い。妻が亡くなったのはわかっている。もうこの世にいないことは。ほかの人間にとっては。だが俺にとっては、まだ存在している——ふたりにしかわからない方法で」

朝も昼も夜も、数えきれないほどの時間をここで過ごした。アンニと。その間、誰ひととり近づいてくる者はいなかった。周囲に無関心な人間だと思われていたにちがいない。だからベンチでの時間を邪魔しようとは思わなかったのだろう。

でもいまは、悪い気はせず、気づまりも感じなかった。

ただ慣れないだけだ。

「で……あんたは？」

「なんのこと？」

「誰の死を悼んでいる？　あんたがここに来たのは誰のためなんだ？」

昔から世間話は得意ではなかった。おまけに墓地という場所のせいで、ますますぎこちなくなっている。けれども相手は気にしていないようだった。気づいてさえいないのかもしれない。

「わたしは……あそこ。あの大きな樺の木の横。わかります？　やっぱり、なんでもない白い十字架。奥さまと同じで」

女性は向こうのほうを指さした。

「わかりにくいかも——あいだに何列もあるから。だけど、ここが特等席なの。いつも先にお墓参りをしてから、このベンチに座るんです。ここからでも感じられる」

エーヴェルト・グレーンスは何も言わなかった。話が続くのがわかっていたからだ。

「でも、質問は違ったわね。訊かれたのは、誰に会いに来たかっていうこと」

「ああ、だが無理に――」

「答えは、自分でもわからないんです」

「どういうことだ？」

「あそこには誰も埋められていない」

女性は彼を見た。

「棺はからっぽなの」

手。

やさしくて、でもしっかりしてる。

あたしの手をにぎってる人たちが言う。もしいやなら、ひとりでここに残りたかったら、
ムリしないでもいいって。

いっしょに行かなくても。

エーヴェルト・グレーンスは凍りついた。鋭い風が身体を吹き抜け、胸のあたりに留まる。

「いったい……」

わかっていたはずだ――墓地はつねに寒い。

「……どういう意味だ？」

「言ったとおりよ。棺はからっぽなの。それで何度もここに来てるのかもしれない」

ベンチに座ったまま、初めてグレーンスは女性に顔を向け、続きを待ちながら揺るぎない視線を受け止めた。自身の非は認めないが、相手と感情を分かち合うような目だった。

「中に誰も入っていないから」

女性のことは知らず、会ったのも初めてだ。それでも彼女が嘘を言っていないのはわかった。からかっているのではなく、頭がおかしいわけでも、何か魂胆があるわけでもない。

ただ事実を述べているだけだ。

「来て」

女性が立ち上がると、またしても世界が揺れ、がたがたするベンチはバランスを取り戻した。彼女は箒目のついた砂利道を進み、五列向こうの墓の前で足を止めた。グレーンスがアンニのために選んだのとまったく同じ、白い木の十字架が建てられている。この墓地には何度となく足を運んでいるというのに、なぜいままで気づかなかったのか？　名も知らぬ女性は、彼が来るのをじっと待っていた。打ち明けてはならない話をしようとして。それは起こるべきではない出来事だったから。

「この子を亡くしたの」

そのときグレーンスの目はとらえた。木の十字架の中央。

わずか三語が刻まれた金属板を。

MIN LILLA FLICKA

「四歳だった。誕生日を目前にして」

グレーンスはさらに近づき、ほかに何か書かれていないか、のぞきこんだ。

何もなかった。

あたかもファーストネームがふたつとラストネームのようだ。ミン《Min》・リッラ《Lilla》・フリッカ《Flicka》。〝エーヴェルト《Ewert》・グレーンス《Grens》〟より四文字多い。

「セーデルマルムの寂れた汚い駐車場。そこでいなくなったの。新しいワンピースに、長い髪をきれいな三つ編みにした格好で」

そこには、グレーンスが手入れをしている墓よりも花が多かった。種類も色も。青と赤と黄色の美しくやさしげな花壇。ネメシア、オンファロデス、ペチュニア——花の名前がすらすら出てきて、彼は自分でも驚いた。別に植物が好きなわけではない。むしろほとんど関心はない。ただ長年のうちに、これらの花はアンニの墓に植えないほうがいいと学んでいた。どれも頻繁に水をやる必要があるからだ。

隣の女性は、足繁くここに通っているにちがいない。

「もちろん警察は捜してくれたわ。最初は熱心に——わたしも何度か事情聴取を受けた。だけど数週間が数ヵ月になって、捜索はだんだん規模が縮小されて……結局、一年経っても手がかりはなし。誰もあの子のことを話題にしない。何も尋ねない。まるで最初からこの世にいなかったかのように。あの子が誰でもないかのように。だから、お墓には名前を入れないことにしたの。いまでは、あの子を思っているのは私だけ。あの子の名前はこの胸にだけ刻まれている。だから我《ミン・リッラ・フリッカ》が娘。それでじゅうぶん」

「駐車場……？」

「ええ」

「妻も、そのとき身ごもっていたんだが……あれもやはり――」

女性は遮った。

「ドアを開けっぱなしにして、すぐそばのパーキングメーターまで行った」

彼女は悪夢にとらわれたまま、じっと十字架を見つめている。

「だから、もう一台の車に気づかなかった。手遅れになるまで」

グレーンスは待った。彼女が力を振りしぼるのを。

「防犯カメラの映像によると、きっかり七秒でわたしの現実が永久に変わった。娘が助手席のチャイルドシートに座っていたら、そのドアの真横にもう一台の車が停まって、運転手が自分のドアを開けて出てきて、あの子をつかんで、抱きかかえて車に戻って、あっという間に走り去った」

そう言ってから、この驚くほど親しみやすい見知らぬ女性は、グレーンスがアンニの墓でよくやることを始めた。しゃがみこんで落ち葉を払いのけ、ところどころ生えている雑草を抜いた。そうする理由も、おそらく同じだろう。体裁を気にしているのではなく、すでに手遅れだとわかっていながらも、自分にできることをやっているだけだ。

「あんな葬儀は初めてだった」

彼女は、死を悼む相手と自分とを隔てている花々を両手でかき分けた。

「わたしのほかには警察官がひとり、ソーシャルワーカー、司祭——誰もあの子には会ったこともない。あの子の人生になんのかかわりもなくて、もちろん死にもなんのかかわりもない人ばかり。管理人が地面に掘った、あのちっぽけな穴。赤い薔薇が一本置かれた白い小さな棺。中はからっぽで、運ぶときも羽根のように軽かった。あの子のために教会の鐘が鳴って、聖歌隊の指揮者は子守歌を選んだ。『眠りの精』。美しい日だったわ。よく晴れて、後ろのほうから教会のオルガンのよそよそしい音楽が聞こえてきて。生きはじめたばかりの身体を収めるはずだった棺が地面に埋められて、永久に閉じこめられたままになるのを見ていたら、なんだか余計にばかばかしく思えた」

そして女性は黙りこんだ。

かと思うと、花壇に顔を向けて歌いはじめた。

「よい夢を。おやすみなさい」

「それは?」

「あのとき歌ったの。子守歌の最後のフレーズ。といっても……家で娘を寝かしつけていたときとはまったく別の歌みたいだった」

女性が向き直る。

「たぶん、ベッドで眠っていたときは、その眠りがやがて終わって、娘が目を覚ますってわかっていたから。こんなふうに永遠の死ではなくて」

彼女はグレーンスを見て、足元の芝生を指さした。

「棺はここにある。わたしたちの足の下に。奇妙だと思わない？」

そのとおり、たしかに奇妙だ。グレーンス自身、幾度となくそう思った。愛するアンニはすぐ向こうにいるのに、自分の顔を見ることも、声を聞くこともできない。もしも叶うなら、深い悲しみに打ちひしがれていたあのころに戻りたかった——妻の葬儀に参列するべきだった。

「心の中では、いつもあの子をアルヴァと呼んでいる。名前は取り上げてしまったから。アルヴァって、とてもかわいらしくて、妖精《エルヴァ》の名前みたいでしょう。それに妖精は、信じる人にしか見えない」

彼女は手を差し出した。細くてほとんど骨と皮ばかりだが、思いのほか力強かった。グレーンスをしっかりつかんで引き寄せようとするかのように。

「あの子がいなくなってから、もう三年になるわ。死亡宣告の手続きをしてからは半年。

ひとりぼっちにならないように、週に一度来ている。周りにこれだけたくさんの人が眠っていても、寂しがってるだろうから。たいていは木曜日。今日みたいに――比較的、仕事を抜け出しやすいの。でも、もう戻らないと。またここで会うかもしれないわね。もし会えなくても、墓地に来たときには、ここに立ち寄ってくれるとうれしいわ。少しのあいだでいいの。義理とかじゃなくて。ただ、誰かがそばにいるって、あの子が感じられるように」

女性は砂利道を歩き去り、やがてその姿は手入れの行き届いた低木や昔の大きな墓碑に隠れて見えなくなった。ふとグレーンスは名前を訊かなかったことに気づいた。名のない女性。娘と同じだ。

彼もそろそろ行かなくてはならなかった。ストックホルム市警本部のオフィスには、進行中の捜査の資料が十件分以上もデスクに山積みになっている。だが、まだアンニのもとを去り難かった。そこでふたたびベンチに腰を下ろした。今度はひとりで、揺れ動くこともなく。

こうして座りながら、ときおり子どものことを考えた。おそらくアンニは知らなかっただろう。自分のお腹の中に、あれほどふたりで待ち望んでいた娘がいたことを。心臓も肺も、開いたり閉じたりできる目もあった娘。ある意味ではアンニの命が終わると同時に、その命を終えた。それとも、俺がアンニに知らせなかったのか？　だが、少なくとも努力はした。伝えようとした。とりわけ介護ホームに入ったばかりで、しっかりと抱きしめることができなかったときに。けれども彼女は理解していないようだった。

我が娘《ミン・リッラ・フリッカ》。

世の中はなんと不公平なのか。

相次ぐ凶悪犯罪で銃撃戦に巻きこまれるうちに、ふいに何もかもどうでもよくなることがある。もちろん捜査には全力を尽くし、任務を果たす。それが自分なりのやり方だからだ――エーヴェルト・グレーンスの世界では、中途半端はありえない。何ごとにもあらゆる手段を講じる。良心に恥じないように生きるには、それ以外の方法は知らなかった。だが、みずから火中に飛びこんだ犠牲者のことは、もはやなんとも思わない。それに対して、子どもが傷を負ったり、ともすると殺害された場合、子ども自身に選択の余地はないのだ。しかも、大人よりもはるかに長い人生を奪われる。それだけに心が引き裂かれるようだった。

グレーンスは時間が経つのを忘れていた。

この場所だけ暖かさを感じさせない陽射しを浴び、ただ広大な墓地で肌を刺すような風にとらわれていた。

一時間ほど過ぎて、彼はようやく立ち上がり、アンニの花壇から花を二本手折った。そして、その花をもうひとつの木の十字架の脇に置きながら、そこにはいない少女に向かって問いかける。

きみは誰だ?

なぜ姿を消した?

いま、どこにいるんだ?

そんなのイヤ。ひとりで置いてかれるなんて。パパとママがもう行っちゃったのなら。
やさしくて、だけどしっかりした手をにぎっていればだいじょうぶ。
どこに行くのか知ってる手。パパとママが先に行ったところ。
そこであたしを待ってる。

アンニが負傷し、お腹の中で育っていた娘が亡くなって、彼女自身はさらに別の閉ざされた部屋に入り、介護ホームにいながら自分の世界に引きこもってしまうと、夫は警察のカウンセリングを受けるよう命じられた。彼女を轢いたのが自分だという事実に向き合うために。ともに過ごす人生に終止符が打たれた、最も恐れていたことが現実となったという事実に。あれから三十五年が経ったいまでも、すべてを失った男に寄り添おうとした、あの心理療法士とのやりとりは覚えている。若き警察官だったエーヴェルト・グレーンスが、いかに患者としての最初の任務――セラピーで過度の負担を感じたり、感情がコントロールできなくなったりしたときに逃げこむ心の聖域を思い浮かべること――に失敗したか。彼の人生がすでに崩壊していたのは明らかだった。聖域など見つかるはずもなかった。心の中にも、自宅にも――ベッドは自分を呑みこむブラックホールと化した。友人や同僚と一緒にいるときも、あれほど居心地のよかった広い警察本部にも。どこにいても安らぎは得られなかった。ある日、いまでもオフィスで愛用しているソファーを買うまでは。茶色いコーデュロイのソファー。特別すばらしいものでも高級でもないが、快適で、長身の彼が手足を伸ばして横になれるほど大きかった。いまではかなりくたびれて、コーデュロイの畝は消えかけている。三十年ものあいだ、ときには勤務時間中に、そしてかなりの頻度で家に帰らず夜もそこで眠ったせいで、すっかり擦り切れてしまった。

けれどもその日の午後は、そのソファーでも落ち着かなかった。時代もののカセットプレーヤーから流れてくる、耳慣れた六〇年代の歌声にいくら耳を傾けても気が安まることはない。何度となく支離滅裂な細切れの夢から覚めながら、腕も脚も、全身が不安にざわめいていた。

グレーンスは身を起こしてソファーの端に座った。

そして、ふたたび横になった。

腕を伸ばし、ブラックコーヒーのカップをつかんで一気に飲み干す。

しばし天井を見つめ、普段は心を落ち着かせるはずの四方に広がるひびを目でたどった。デスクに山積みになった捜査資料に目を通そうとした。暴力に脅かされた大勢の人の記録。だが、無駄だった。どれだけ目を凝らしても、犯罪現場の描写はぼやけたままだった。

理由はわかっていた。

似ているのだ。

見知らぬ少女のことが頭から離れなかった。彼とアンニの娘と同じく、寂れた駐車場でいなくなり、いまはひと気のない墓地で思い出されるだけの少女。彼女が少しでも寂しくないように、墓を訪ねると約束した。とはいえ、どんな見た目なのか、どんな声をしていたのか、あるいは目が合ったらにっこりするのかどうかも知らなかった。

会う方法は、ひとつだけ。

記録保管室。

あそこに、あの茶色の段ボール箱のひとつに、少女の存在を示す唯一の手がかりがある。

グレーンスは急いで廊下に出ると、懸命に未解決事件に取り組む同僚たちのオフィスを素通りし、自身の職務はさておき、警察本部の地下に下りるエレベーターに乗りこんだ。

記録保管室には窓がなく、空気がこもっていたが、キーパッドで暗証番号を入力し、重いスチール製のドアを開けるのが毎回楽しみだった。この地面の下の空間は、地上とは別の秩序に支配された独立した社会だ。そして、非公開の事件に起訴や判決手続きにつながる証拠が含まれている可能性がある以上、ここには別の正義も存在する。

グレーンスは警察本部の地下にある保管室の通路をどんどん奥へと進み、隅に押しやられた県警のデータベースを管理するパソコンの前まで来ると、ログインして検索を開始した。あの名前のない少女は、このどこかにいる。何万という大勢の生者と死者に紛れて。

墓地で隣り合っていた、あの女性を思い出す。〝あんな葬儀は初めてだった〟とささやいたことを。グレンスは検索ウィンドウに〝行方不明〟〝少女〟と入力し、エンターキーを押して、画面の前で待った。

九百七件がヒットした。

女性の言葉を思い返し、しばらくして〝セーデルマルム〟を検索条件に付け加えた。

百五十二件に減る。

彼女が悲しみと怒りに打ち震え、寂れた汚い駐車場について話す姿は、はっきりと覚えていた。

〝駐車場〟

二十二件。

それから、娘についてなんと言っていたか？　ワンピースを着ていた？　髪はきれいな三つ編み？

〝ワンピース〟

五件。

〝三つ編み〟

残ったのは一件だった。

グレーンスは急いで立ち上がると、七段に仕切られた背の高い金属製キャビネットが置かれている反対側へと向かった。無造作に並んだ同じ段ボール箱、グレーンスには理解できない色分け方法で整理された分厚いフォルダー、麻紐で束ねられた紙、幅の広いバインダー、膨れ上がったクリアファイル、なかには箱には詰められない変な形の押収品もある。事件、事件、事件、事件……そして、すべての記録のちょうど真ん中あたりにそれはあった。通路17、セクションF、棚6。グレーンスは移動式はしごを上り、手を伸ばした。脚は痛み、バランス感覚はとうの昔に衰えていたものの、ファイルボックスを取り出すのは訳なかった。閲覧席に腰を下ろし、段ボールの翼みたいなハンギングホルダーを開く。たいしたものは入っていなかった。事件の経緯を記した報告書。犯人のDNAも繊維も特定できなかったという鑑識結果。さまざまな理由で現場付近にいた人々に対する不毛な事情聴取。

墓地で会った女性の言ったとおりだった。

通常どおりの捜査が行なわれたにもかかわらず、ここに答えはない。手がかりひとつ残っていない。

幼い子どもが連れ去られ、何かを見聞きした者は誰もいなかった。

カッコいい車。とっても長い。それにぴっかぴか。おまけに、うしろの席をひとりじめできる。いつもだったら、そんなことできないのに。ヤーコプとマティルダとウィリアムに取られちゃうから。横になって、おもいっきり手と足を伸ばしても、ドアにもぶつからない。起き上がって窓の外を見ると、あの大きなお店がどんどん、どんどん小さくなって、そのうちに見えなくなる。パパとママはどうして待てなかったの、ときいてみる。どうして行かなくちゃいけなかったの？　どうしてあたしに声をかける時間がなかったの？　カッコいい車を運転してる男の人が答える。ふたりとも、あたしがどこに行くのか知ってる。もうすぐ会える。いま、そこに向かってるところだから。

待ちきれない。

早く着かないかな。

パパとママに会いたくてたまらない。

エレベーターを降りたエーヴェルト・グレーンスは、大股でオフィスへ向かったが、途中で気が変わって足を止めた。いつものようにコーヒーの自動販売機の前ではない。彼はめったに話しかけない刑事のオフィスのドアを開けた。同僚であるにもかかわらず、ほとんど知らない相手だ。互いに分野の異なる事件の捜査に明け暮れていれば、そういうこともある。

「ちょっといいか?」

エリーサ・クエスタ。それが彼女の名前だ。四十代の同僚は、荷物を詰めたままの段ボール箱に囲まれたデスクから顔を上げた。オフィスに壁紙は貼られておらず、私物もいっさい見当たらない。仮住まいのような場所には腰を落ち着けようとしないタイプの人間だ。擦り切れたコーデュロイのソファーを置くなど、もってのほかだろう。

「入っても構わないか?」

「もちろん。だけど、その必要はないわ、グレーンス。わざわざ戻ってこなくても。あれはわたしのほうが――」

「戻ってくる？」

「だって、それ以外に話すことはないでしょう。もう丸一カ月も経っているのに――いまさら手遅れだわ。あのとき賭けに出たのに」

「丸一カ月？　賭け？　なんのことだか、さっぱりわからないが」

彼女はグレーンスをじっと見つめた。そして両手を上げる。話を打ち切るように。

「ごめんなさい、てっきり……別の用事で来たのかと。じゃあ、あらためて、グレーンス。そこの段ボール箱に座って。頑丈だから。みんな、そうしてる。で、なんの話かしら？」

エーヴェルト・グレーンスは箱のあいだを縫うように進み、そのうちのひとつに腰を下ろすと、ためらいつつも痛むほうの脚をできるだけ伸ばし、ブランコに乗っているような感覚を無視しながら同僚の目を探るように見つめた。

「ある捜査に関して、訊きたいことがある。あんたが失踪者捜索の責任者として、数年前に打ち切ったと思われる捜査の件だ」

普段のクエスタの表情は、彼女のオフィスと同じで当たり障りがない。いつも同じに見える。記憶に残る顔ではなく、仮に一時間後に街で出会ったとしても、グレーンスは気づかないだろう。ところがいまは、個性にあふれている。戦いを挑まれた人物の怒りに。

「それは聞き捨てならないわね」

「非難するために来たわけじゃない」

「あなたとは話をする仲じゃないでしょう、グレーンス。お互い、ちっとも関心がない。それで構わないわ。親しくなりたいとは思ってないから――なのに、初めてここに現われたと思ったら、裁判が行なわれなかった事件について話したいですって？　粗探しでなければ、いったい何が目的なの？」

グレーンスが座り直すと、半分ほど荷物が詰まった引っ越し用段ボール箱がひっくり返りそうになった。

彼は立ち上がった。そのほうが安全だ。

「ある少女を見つけたい。その子の空の棺が白い木の十字架の下に埋められている」

「どういうこと？」

「事件の全容を知りたいんだ。二〇一六年八月二十三日の朝以降の、付近のあらゆる防犯カメラの画像を残らずチェックする。病院、社会福祉団体、就学前学校《プレスクール》をしらみつぶしに当たる。あんたが訪ねたところをもう一度訪ねて、あんたが聞いた話をもう一度聞く。捜査が行き詰まって、優先順位が下げられるまでの過程をすべて再現したい」

「なんの話？」

「車から連れ去られた少女に関する捜査だ」

「どの事件のこと？」

「助手席に座っていた四歳の女の子が——」

「グレーンス、見て。この段ボールの山。もううんざりよ。どれも捜査中の事件の資料が入っている。わたしの担当分も、同僚の分も。あなただってそうでしょう？　でも、そのとっくの昔に捜査が打ち切られた事件については、ほかを当たって——わたしには心当たりがないし、これ以上、仕事を増やしたくもないから」

エーヴェルト・グレーンスはため息をつかず、ただ彼女に背を向けた。

「手間を取らせてすまなかった」

そして部屋を出ようとした。

「どうして、グレーンス？」

「何がだ？」

「なぜその事件なの？　いまになって。どこから出てきたの？　新しい事件だけで手いっぱいなのに、そんな昔のことを嗅ぎまわってるのはなぜ？」

エーヴェルト・グレーンスは肩をすくめた。妻のことを話すべきかもしれない。何年も墓参りができなかったことを。あるいは、お腹の中にいた子のことを。この世に生まれることなく、いまは誰が植えたのかもわからない記念樹の下で眠っており、自分はいまだにそこを訪れる勇気がないことを。あるいは、自分とは対照的に、幼い子が少しでも寂しくないように、空の棺のもとを訪れている見知らぬ女性のことを。

だが、彼は何も話さなかった。

「自分でもよくわからない」

「え？」

「今日、墓地である人物に会って……なんというか……その人物が……」

「グレーンス？」

「なんだ？」

「大丈夫？」

「だから何が？」

「顔色が悪いわ。ひどく疲れて、動揺しているみたい。まるで……こんなこと言っていいのかわからないけど、ここに来たときに、頭が混乱しているように見えた。気分でも悪いの？　あまり具合がよくなさそうだけど」

彼女は身を乗り出して答えを待った。

「ただ……眩暈がしただけだ。墓地にいたときに」

「眩暈？」

グレーンスは箱をよけながら進み、彼が自由になることを恐れるのと同じくらい、縛られることを恐れている人物から離れた。

「ちょっと……気の滅入ることがあったんだ。大昔の気が滅入ることにかかわりがある。それだけだ」

グレーンスはドアへ向かい、クエスタはその後ろ姿を見つめながら彼の独り言に耳をそばだてた。

「あの墓地の子ども、まさかそんな……幼い子はいつもそうだ。とくに女の子は。いったいなぜ……」

警部はよろめくように廊下に出ていき、声は聞こえなくなった。クエスタは席を立って後を追った。自動販売機に差しかかったグレーンスは、今度はコーヒーを二杯、カップに注ごうと足を止める。彼女はすかさず声をかけた。

「グレーンス──もう一件のほうは調べなかったの？」

エリーサ・クエスタはオフィスの入り口で声を張り上げていた。

「もう一件だと？」

「もう一件の捜査。もうひとりの四歳の女の子。同じく不可解な事件」

記憶に残りにくい顔の同僚は、いくつかのドアをはさんだ距離では、余計に特徴がないように見えた。

「同じ日に消えた少女がいて、いまだに発見されていない。生死も不明」

パパとママは、知らない人についていったらダメだって言ってるけど、あぶないことはなんにもない。この人たちは、あたしの名前を知ってるから。

それに、もうすぐ着く。

そうしたらジャンパーを着れる。

シマウマもようの。ぜったいに脱ぎたくないやつ。家の中で大人たちに脱ぎなさいって言われても。たぶん、いちばんのお気に入り。あれと、いま頭にとまってるちょうちょ。青くて、だれも見ていないと、ひらひら飛ぶ。いま車を運転してる人たち、あたしの家の場所を知ってる人たちは、ママみたいに、これを取れってうるさく言わない。ちゃんとわかってる。

たぶん、もうすぐ着く。

あたしの家。

ふたりともずっと彼を見ていた。

瞬きひとつせずに。

じっと見つめている。それぞれが。

エーヴェルト・グレーンスのデスクの左端にある写真の少女は、世間では駐車場で忽然と姿を消したことになっている。いなくなったときには、その写真と同じワンピースを着ていた。写真を撮った当時は四歳になったばかりで、身長百八センチ、体重十九キログラム、長い髪をきれいな三つ編みにしている。

デスクの右端の写真の少女は、真っ赤な子ども用サイズの肘掛け椅子に押しこめられていた。背景は写真スタジオの安っぽい作り物で、あたかも世界全体が虚構であるかのように見える。左端の少女よりも髪は短くて色も明るく、身長は同じくらいだが、少しぽっちゃりしていて、年齢は四歳七カ月だった。

ふたりは同じ日に各々の捜査の主要人物となった。

もう墓地の少女はひとりではない。

エーヴェルト・グレーンスは二枚の写真をデスクの中央に寄せ、互いに近づけた。このふたりにはつながりがある。どうつながっているのかはわからず、当の本人たちも知らないかもしれないが、グレーンスは偶然を信じていなかった。信じたことは一度もなかった。

スウェーデンでは毎年、七千名以上の失踪者の届け出がある。

ほとんどは数日以内に見つかる。

だが三十名ほどは、生死を問わず戻ってこない——謎を残したまま、跡形もなく消えてしまうのだ。

いまはアルヴァと呼ばれている左側の少女と、右側のリニーヤは、そのうちのふたりだった。

グレーンスは立ち上がると、これまで数えきれないほどそうしてきたように、オフィスの中を落ち着きなく歩きまわった。本棚とコーデュロイのソファーのあいだ。警察本部の中庭を見下ろす窓から、廊下に面した閉じたドアまで。けれども解決の糸口はつかめず、あいかわらず自分を見つめるふたりの少女の前にふたたび腰を下ろした。

ふたりとも、俺が誰なのか疑問に思っているかもしれない。

なぜここにいるのか、なぜ自分たちを動かす権利があると考えているのか。

今日の午後、グレーンスはファールホルメン警察署の埃だらけの部屋で、ぎっしり詰まった棚から、長らく放置されていたリニーヤ・ディーサ・スコットの捜査記録ファイルを探し出した。その際、わずか数時間前に、市警察の地下にある記録保管室の棚から下ろした段ボール箱を思い出さずにはいられなかった。同じく捜査はきちんと行なわれ、同じく無駄に終わっている。だが、アルヴァには娘を恋しく思う母親だけしかいなかったのに対して、リニーヤには進んで捜査に参加し、新たな疑問がわくたびに答え、新たな方法にはことごとく協力する肉親などが大勢いた。グレーンスはファイルにざっと目を通した――失踪者リストへの登録届、全国規模の警報の発令、パトロールカーやバスの運転手に配布された彼女の特徴を記したチラシ、聞き込み、目撃証言、法医学の分析結果。あとでじっくり読むつもりだった。さしあたり、リニーヤという名の少女失踪事件の捜査で気になるのは二点だけだった。彼女が姿を消した際の防犯カメラの映像と、すべてを変えてしまうかもしれない両親の署名入りの書類だ。

車がとまる。

あたしは起きあがる。うしろの席をひとりじめして寝そべってるのは楽しかったけど。

やっと着いた。

シマウマもようのジャンパーと青いちょうちょのピンどめをなおす。家に帰るときには、ちゃんとしたいから。やさしくてしっかりした手の人たち、ぴっかぴかの車を運転してた人たちがロックをはずしてドアを開ける。あたしは飛び出す。

家じゃない。

あたしたちが住んでる家じゃない。

空港。それはわかる。前に、ガラスのドアがある入り口のところで、おじいちゃんとおばあちゃんに会った。クリスマスにあそびにきたときに。飛行機がチャクリクしたりリリクする音も聞こえる。

まわりを見る。知らない人ばっかり。

びっくりして、あたしの名前を知ってる人にきく。

「パパとママはどこ?」

エーヴェルト・グレーンスは防犯カメラの映像から取りかかることにした。

USBメモリをパソコンに挿しこんでファイルを開く。

最初の少女、アルヴァは、ほとんど人通りのない早朝に車から連れ去られている。だが、いま見ているこのリニーヤという少女、彼女のとつぜんの失踪については、ひっそりとした薄暗い駐車場で起きた事件とはまったく状況が異なった。画面の下方に表示されたタイムスタンプから、同じ日の十一時間後の夕方だとわかる。カメラは混雑したスーパーマーケットの天井に設置され、笑い声や殺気に満ちている。互いに行く手をふさぐ大勢の人々。あふれんばかりのカート、高く積み重なったテレビ、ポテトチップスの袋の山、今週の特売品を連呼するスピーカー。

グレーンスは待った。

しばらくして、画面に顔を近づける。

ようやく彼女を見つけた。

棚のあいだから少女がふらふらと現われ、カメラに近づいてくる。リニーヤだ。表情のない写真の顔しか知らなくても、はっきりわかる。シマウマ模様のジャンパーに、前髪にそっととまった大きな蝶みたいなピン留め。ときどき立ち止まっては、磨かれたトースターに映る自分の姿を見たり、ロウソクの箱をひっくり返して軽く振ってみたり、やわらかい紙ナプキンのパックをつついたりする。とても楽しそうだ——両親と買い物に来るとワクワクするのだろう。一分十二秒後、彼女がカメラの前を通り過ぎ、その姿が見えなくなる直前、一本の手が伸びてくる。大人の手で、持ち主は画面のすぐ外側にいる。カメラの角度を熟知しているかのように。その姿の見えない大人と少女は話しているようだ。やがて少女がうなずくと、伸ばされた手が彼女の手を握り、ふたりは歩き去る。

墓地で肌を刺す風を感じたときのように、エーヴェルト・グレーンスは思わず身震いした。たったいま、ひとりの人間の人生が終わる瞬間を目の当たりにしたのだ。

少なくとも、少女を愛していた人たちにとっては、これが最後の瞬間だった。

そのまま再生しつづけると、すぐに三十代くらいの男女が画面に飛びこんできて、見えなくなる。と思いきや、ふたたび戻ってきて、また消える。そして戻ってくる。

心配そうな顔。

まもなく怒りに燃え、動揺する。

そして取り乱し、絶望する。

警部はそこで映像を停止した。買い物客がすでにいっぱいのショッピングカートに品物を詰めこみつづけるあいだ、その男性と女性——おそらく少女の両親だろう——はしっかりと抱き合いながら人混みの中に立ち尽くしていた。

ふたりはもう二度と我が子に会えないとわかっていたのだろうか——グレーンスはそう考えずにはいられなかった。

パスポートっていうんだって。ほんとに、ほんとに、ほんとに本物。あたしのかわいい写真がはってある。まわりで、まだ四歳なのに自分のパスポートを持ってる子なんかいない。ヤーコプだって持ってない。マティルダとウィリアムは、ちっちゃすぎる。だけど、あたしはちがう。

写真のあたしは六歳くらいに見える。そういうことにしている。なんのゲームだろう。わからない。だけど、ふりをするのは楽しい。だから新しい名前もつけてもらった。

まだ字はあんまり読めないけど、あたしの名前――ほんとの名前――を知ってる人たちは、〝リン〟っていうと教えてくれた。お誕生日は夏。ほんとは冬だけど。パパとママのところに行くまで、そういうことにしなくちゃいけない。これを考えたのもパパとママで、あたしたちが着くのを待ってる。

グレーンスは時が止まってしまった家族の映像を閉じ、パソコンからUSBメモリを取り外した。分厚いファイルには、まだ調べていない書類が一枚残っている。すべてを変えかねない書類。

様式SKV7695
死亡宣告申立書（失踪者）

小さな記入欄。失踪者の個人情報、申立人の名前、最近親者。これといった特徴のない、いかにも役所関係のありきたりの用紙。

ほかと異なるのは、これが人生を終わらせる点だ。

防犯カメラの映像で、娘とすぐに再会できることを願い、しっかりと抱き合っていた両親が、その数年後には彼女の死を願っていた。何もないよりはましだからだ。それが中立書の裏面に記された理由だった。ほかの項目よりも少し大きな記入欄に、ふたりは青いボールペンでびっしりと文字を書きこんでいた。

嘆願。

死亡宣告特別委員会の委員に宛てた言葉。

すでに埋葬されているアルヴァという少女と同じく、五年ルールの例外を認め、リニーヤ・ディーサ・スコットの死亡告知を早めてもらうために。

警察官のあらゆる任務のなかでも、最も辛いのは死亡を伝えることだ――エーヴェルト・グレーンスはときどきそう思った。これまでに何度となくドアをノックして、何人もの相手に息子が、娘が、夫が、妻がもう生きてはいないことを告げてきた。それは彼らから命を奪うことだった――彼らの前に立ち、最も愛する者、彼らにとってすべてである存在について話す瞬間まで、その人間は彼らの心の中で生きていたからだ。だが、この委員たちはさらなる困難を強いられる。まさしく死の瞬間を決めなければならないのだ。そしてこの件では、実際にそうした。

a）失踪当時の状況、b）不首尾に終わった捜索、c）年月の経過に基づき、委員会

は不在者が死亡した可能性が高いと判断する。

用紙の最下欄によると、元政府審議官、医学倫理の教授、作家、大学の学部長、弁護士は、防犯カメラの映像に映っていた――トースターに姿を映し、商品棚の品物をついていた――少女は、もはや生きていないという結論に達した。

親族の苦しみに配慮して、本件の失踪期間は三年間とする。

グレーンスは委員会の決定を読み返した。

三年間。

墓地で会った女性を思い出す。

い、い、い、い、い、い、い、い、い、い、

あの子がいなくなってから、もう三年になるわ。

彼女が話していたのは別の子どものことだが、失踪した日付は同じだ。

グレーンスは立ち上がった。そして座った。

もうじきかもしれない。

制度は理解していた。このように法律上死亡したと見なされるためには、あらかじめ官

報に公告することが定められ、その後、内容に矛盾がなければ、その人物の死亡が宣告される。

グレーンスはパソコンにログインすると、目当てのウェブサイトを検索し、死亡宣告のページを見つけた。

現在、死を待っているのは合計二十二名。

死亡宣告者リストをスクロールする。最後に目撃された場所は、タイ、カトリーネホルム、シリア、マルメ……。子どもは二名だけ。ノーショーピングで消息を絶った七歳の少年と、ストックホルム南部で失踪した少女。

リニーヤ・ディーサ・スコット（一三一一〇一‐二四四九）、死亡宣告確定。住民登録地はストックホルム。最後に目撃されたのは二〇一六年八月、ファールホルメンのスーパーマーケット。死亡宣告法第七条（二〇〇五：一三〇）に従い、二〇一九年八月二十三日を期限としてスウェーデン国税庁に登録される。

八月二十三日。

なんてことだ。

念のため、エーヴェルト・グレーンスはデスクのカレンダーを確かめる。

もうじきどころではない——ほとんど余裕はなかった。

明日。

明、明日だ。

あと少しで、彼女は本当に死ぬことになる。そしてまたしても、四歳の少女の奇妙な葬儀が執り行なわれる。空の棺がもうひとつ増えるのだ。

あたしの新しい写真をまっさきに見るのは、空港の青いジャケットと空港の青いパンツの女の人。かみの毛はとってもふわふわで、わらい声はママにそっくり。だけどママじゃない。あたしを見て、パスポートをひらいて、もう一度あたしを見る。まるであたしが二カ所にいるみたい――同時に！　シマウマもようのジャンパーをほめてくれて、飛行機に乗ったことがあるかどうか質問する。これがはじめて。でも、ヤーコプだって乗ったことない。女の人は、電車に乗るのとほとんど同じだって教えてくれる。だけど、最初と最後はつばをのみこんで、鼻をつまんで息をはかなきゃいけない。返してもらったパスポートをひみつのポケットに入れると、女の人はウインクをして、いってらっしゃいって言う。

八月の夜は生暖かく、呼吸を楽にする穏やかな暗がりは身を潜めていた。瀟洒な住宅が建ち並ぶなか、エーヴェルト・グレーンスは乾燥した夏にもかかわらず鮮やかな緑色の芝生の前を通り過ぎていく。回転するスプリンクラーのカチカチいう音が、庭の番人のごとく静寂を破っている。

目的地は四角い区画が並ぶ通りの突き当たりにあり、どの窓にも煌々と明かりが灯っていた。門はくたびれた音を立てて開き、警部は障害物コースさながらの曲がりくねった石畳の道を進んだ――サッカーボール、補助輪のついた自転車が二台、フリスビー、ひっくり返ったスケートボードなどが、そこかしこで待ち伏せていた。彼は玄関のドアの丸窓をノックして、呼び鈴も鳴らした。

「僕が出る!」「あたし出る!」

複数の声が同時に上がる。かと思うと、ドアの取っ手をめがけて先を争うように足音が近づいてきた。

グレーンスの前に現われたのは七、八歳くらいの少年だった。そのすぐ後ろに、パジャマ姿の弟と妹がいる。

「こんばんは。お父さんかお母さんはいるかな?」

「おじさん、誰?」

「エーヴェルトといって――」

「僕はヤーコプ。こっちはマティルダとウィリアムだよ」

「やあ、ヤーコプ。やあ、マティルダ。やあ、ウィリアム。お父さんかお母さんはいるかい?」

「ふたりともいるよ」

そして三人は行ってしまった。またしても、ばたばたという足音が、今度は廊下からリビングとおぼしき部屋へ入っていき、聞き違いでなければ、さらにそこを抜けて裏のベランダに出た。少しして、反対側から男性と女性が近づいてきた。スーパーマーケットの防犯カメラに映っていた両親だ。あれは三年前の映像だったが、ふたりとも十歳も年を取ったようだった。

「何かご用ですか?」

「ストックホルム市警のエーヴェルト・グレーンス警部です。少しお話をうかがいたいのですが」

グレーンスはキッチンに案内された。個人宅の訪問では、よくあることだ。これまでに何杯ものコーヒーを飲み、何個ものべとべとしたシナモンロールをかじりながら、安心感を得ようとする人々を脅したり、嫌疑をかけたり、手荒く扱ったりしてきた。この家のキッチンも、ほかとたいして変わらない。テーブルクロスのかかった丸いテーブル、大人や子どもも用のさまざまな椅子、呼吸のようなモーター音を立てる冷蔵庫、鳴き声をあげ、ガラスのボウルに半分ほど入った水を飲む灰色のトラ猫、炎の灯ったロウソクが置かれたアンティークの食器棚。

なぜ警部がとつぜん訪ねてきたのか、なぜここにいるのかは、ふたりにはわからなかったが、誰のために来たのかは尋ねるまでもなかった。ここ数年というもの、この五人家族のなかで注目されていたのは、もっぱら六人目だった。急に老けこんだ両親は、今度はどちらが彼女について話すのかを相談するように顔を見合わせた。

「さっきドアを開けたヤーコプは、リニーヤの双子の兄です。妻もわたしも、ひどく苦しんできました――そうはいっても、いちばん辛い思いをしたのは間違いなくヤーコプです」

　父親の目には疲労がにじみ、こめかみにかけて深いしわが刻まれ、白目は赤くなっていた。朝まで熟睡できなくなって久しいにちがいない。

「でも、下の子たちは娘のことをちっとも覚えていません。あの子がいなくなったとき、マティルダは二歳で、ウィリアムはまだ生後六カ月でした。ふたりにとって、リニーヤは写真の中の女の子にすぎません。話題にしたらみんなが悲しそうな顔をする女の子、としか知らないんです」

　母親の目には、疲労以上に陰鬱さが浮かんでいた。夫に比べたら眠れているのかもしれないが、ほとんど笑みは見せなかった。

「見てください」

　グレーンスは内ポケットから折りたたんだ紙を取り出した。彼らの娘の行方不明事件のファイルで見つけた書類のコピーだ。

「お嬢さんの死亡宣告を申請しましたね」

　責めるつもりはない。そう聞こえないよう願った。

「ですが、考え直していただきたい」

　グレーンスはコーヒーカップとシナモンロールの皿を動かすと、そのあいだに申請用紙を置いた。指紋のついた鋭い刃物といった証拠品を置くかのように。実際、ある意味では証拠品だ。

「いま、なんて？」

「ですから……」

「何をおっしゃったかは、夫もわたしもわかっています。わからないのは、それがあなたとなんの関係があるかということです。わたしたちの大事な娘は、三年前にとつぜん姿を消しました。でも、グレーンス警部でしたっけ？　あなたは一日たりとも捜索に加わってはいない。なのに、残り数時間というときになって、我が家のキッチンのテーブルに座って……そんなことを頼むんですか？」

攻撃的な口調になってもおかしくない状況だったが、そうはならなかった。母親の言葉には、同じく当然の苛立ち、絶望、あきらめも影を潜めていた。彼女は淡々と話した。事実を伝えることで、見知らぬ警察官に謝罪させ、席を立って帰らせようとしていたからだ。

「いかにも。ここに来たのは、それをお願いするためです」

席を立ったのは母親のほうだった。彼女は、目の前の現実に対して途方に暮れたときのグレーンスと同じように、部屋の中を歩きまわりはじめた。彼女の場合は、食器洗い機から冷蔵庫まで、キッチンの窓からアンティークの食器棚まで。そこで足を止め、グレーンスに顔を向けた。

「それで、どうしてそんなことを……？」

「死亡が宣告されれば、わたしも同僚も、捜査のために情報を求めることができなくなります。たとえ必要が生じても、警察の内外を問わず、他部署に協力を要請できない。つまり……終わりなんです」

「ええ、それでいいんです！」

母親は声を荒らげた。

「わたしたちは終わりにしたいんです」

そのとき、ふたりの息子のヤーコプがキッチンに飛びこんできた。

「ママ、どうしたの……大丈夫？」

七歳半。だが、しゃべり方も言葉遣いも大人と変わらない。年齢をはるかに超えた責任感だ。

「なんでもないのよ」

「だけど叫んでたよ」

「叫んでたんじゃないの。ちょっと動揺しただけ」

「リニーヤのことで？」

当然、少年はわかっていた。ひょっとしたら廊下で立ち聞きをしていたのかもしれない。

だが、そうするまでもないだろう——この年にもなれば、毎回、両親がキッチンのテーブルで警察官とどんな話をしているのかは理解できるはずだ。

「そうよ、リニーヤのことで」

少年は母親のところに行くと、腕を広げて抱きしめた。

母親を慰めているのだ。

「ちょっと向こうに行ってくれるか、ヤーコプ？　警部さんと話があるんだ。すぐに終わる」

父親は長男の肩に両手を置くと、そっとキッチンの外へと促してドアを閉めた。

ところが、ふたたびドアが開く。

「パパ？　ママ？」

「どうした？」

「テレビ見てるね。僕とリニーヤの部屋で」

父親はうなずいて、少年の頬にやさしく触れた。そして今度こそ、ドアを閉めた。

「あの子の世界では、まだふたりの部屋なんです」

そう言って咳ばらいした。次は彼が家族について話す番だった。

「捜査の規模はだんだん縮小されていると、ずっと前に説明していただきました。だからあなたがたは、もうこのあたりで聞き込みをしたり、我が家を訪ねてきて、すでに確認済みの詳細を確かめたりするのをやめた」

彼のコーヒーは、妻と同じく手つかずだったが、そこにシナモンロールを浸し、やわらかくなったかけらをゆっくりと嚙みしめながら、先を続ける勇気を奮い起こした。

「わたしたちは待ちました。ひたすら待った。でも、あなたがたは戻ってこなかった。それで、自分たちで解決しようとしたんです。持てる力も時間も残らず注ぎこみました。私立探偵を雇って、新聞に広告を出して、ポスターを貼って、郵便局とも合意書を交わして――ストックホルムでは、リニーヤの失踪に関する情報が郵便受けに入っていない家は一軒もありません」

父親はグレーンスに向き直り、まじろぎもせず見つめた。

「それでもある日、もうこれ以上耐えられないと気づくんです。自分の生活は、どうやっても変えられないものを中心に回っていると。そして、あきらめる」

疲労のにじんだ目は苦しみもがいていた。

「猶予を与えられていたんです。三年間。明日、あの子は死亡宣告を受ける。わたしたちの気持ちは変わりません。身内と、親しかった友人数名で別れを告げるつもりです。警察や役所の関係者からは、できるかぎり離れて。実際、身近な者以外で知っているのは、警部さん、あなただけです」

父親はグレーンスの肩に手を置いた。つい先ほど少年の肩に置いたように。部屋の外へと促すために。

「来てください。ヤーコプの様子を見にいきましょう」

彼は警部がドアのところまで来るのを待ってから、右手の階段を上った。二階には短い廊下があり、トイレと両親の寝室とおぼしき部屋を過ぎて、三番目が子ども部屋だった。

「やあ、ヤーコプ。警部さんに部屋を見せてあげたいんだが、いいか？」

「うん」

息子は振り返らずに答えた。七歳の少年は、にぎやかな音楽の流れるアニメ番組から目が離せないようだ。

「では、グレーンスさん、見てください」

父親は入り口から部屋の中を示した。

「おわかりいただけると思います」

そのとおりだった。

グレーンスは理解した。

そこはひとりの部屋ではなかった。ふたりが暮らしている。半分に分かれた空間は、鏡に映ったように左右対称だった。それぞれの壁ぎわに同じベッドが置かれ、どちらにも同じ机、きらきら光る黄色とピンクの魚が泳ぐ同じ水槽があり、どちらのベッドの足元にも赤い水玉模様のスカーフを巻いたテディベアが置いてある。

そして、どちらもコルクボードにそれぞれのプレートがかかっていた。

ヤーコプの部屋　リニーヤの部屋

「いまでもあの子がいるかのように話します。みんなで車に乗るときには、いつも『リニーヤは来るの？』と訊くし、食事の支度を手伝いながら『リニーヤの席はどこ？』と確かめるんです」

三年が過ぎたが、何も変わっていなかった。

「ヤーコプには幕引きのようなものが必要なんです。リニーヤがもういないことを理解して、受け入れるために。心にあいた穴を埋めるために。もちろん、双子の一方にそれができるなら、ということですが。そして、わたしたちにも間違いなく幕引きが必要です。わたしと妻にも。心の底から娘にさよならを言って、死を悼むために。そう……心の底から」

エーヴェルト・グレーンスには、その気持ちが痛いほどわかった。思いきってさよならを言うこと、思いきって死を悼むこと。すでに起こったことを恐れないようにすること。だが、ここに来たのは、そうしないよう頼むためだった。

少なくとも、いまはまだ。

「努力はしました」

ささやくような声だった。疲れた目は絶望に打ちひしがれていたが、それでも自分の言葉がアニメの世界に入りこまないよう注意を払っている。

「環境を変えようとしたんです。引っ越しもして……それでも、だめでした。新しい部屋の家具は、古い部屋とまったく同じにしなければならなかった。ふたりの部屋と。息子には……無理なんです。だけど娘が埋葬されれば、きちんとさよならを言うことができれば、娘のことを違うふうに考えるようになるかもしれない。そうしたら、やっと前に進める」

嘆き悲しむ両親を前に、グレーンスはこうした光景を何度も目にしてきたことを思い出した。すでにこの世にいない人物に捧げられた小さな博物館のような、手つかずの子ども部屋。何かを動かしたり、箱から取り出したり、新たな物を置くためのスペースをあけたりすれば、子どもの存在そのものを消してしまうことになるかのように。だが、今回は違う。過去に留まろうとしているのは両親ではない。七歳の双子の兄だった。

「これまでの経験上、双子というのは……なんとなくわかるんです。互いの不安を感じる。一方が危険な目に遭っているかどうか。生きているか、死んでいるかどうかが」

エーヴェルト・グレーンスは、自分の寝室、正確にはふたりの寝室にいる少年を見つめた。

「双子の絆は計り知れないほど深い。われわれには理解できないほどだ」

四人の子どもの父親は――いま家にいるのは三人だけだが――ゆっくりとうなずいた。

「たしかに、おっしゃるとおりです。ヤーコプとリニーヤの関係もそうでした。ですが警部さん――彼らは双子の片方であると同時に、ひとりの人間でもあるんです。そうでしょう？　ヤーコプもそうなるべきだ。そうなる権利を与えられるべきだ。誰かの死に呑みこまれてしまうのではなくて、ひとりの人間として、自分の人生を生きていかないと」

「わたしはただ、死亡宣告の申請を延期してもらいたいだけです。わたしに調べる時間をください。一カ月、せめて一週間だけでも、チャンスがほしい。わたしの考えでは、あなたは間違っている。正しいのはヤーコプだ――あきらめるのはまだ早い」

父親は答えず、息子に目をやることもなく部屋を出て階段を下り、妻のいるキッチンへ向かった。グレーンスが戻ると、そこで彼は新たなシナモンロールを手に座り、コーヒーに浸していた。

「今度はあなたの話を聞かせてください、警部さん」

「というと?」

「なぜ……」

あいかわらず感情に乏しい口調だった。淡々としながら、それでも攻撃に転じる。

「……急にこの件が重要になったんですか?」

「別の事件に関連している可能性があるからです。これまでまったく捜査が行なわれていない事件です。そして――明日には手遅れになってしまう」

「すみません、質問を少し変えます。なぜ、あなたにとって、この事件が急に重要になったんですか?」

エーヴェルト・グレーンスは言葉を失った。

ここに来たのは質問をするためで、答えるためではない。

唐突にもうひとりの少女に関心を抱いたことに対して、エリーサ・クエスタに尋ねられたときと同じく、グレーンスは自身の衝動をはっきり説明できなかった。ただ普段どおりに行動しているだけだった――気持ちが動かされたことに対して反応する。いずれ頭が追いつくと確信して、先に走り出す。

「そろそろお帰りいただけますか、警部さん」

ふたたび母親が言葉を引き取った。この夫婦は、まさに阿吽《あうん》の呼吸だ。こうして何度も同じことを繰り返し、相手が消耗してバトンタッチを望むタイミングを察知する。

「あなたは言うべきことを言った。わたしたちは考えていることを説明した。だから、もうそっとしておいてください」

「七歳の少年が理解するのに、正式な死亡宣告がどう役立つというんですか?」

「さっきも言ったでしょう!」

母親はふいに感情を爆発させた。あの淡々とした口調とは別人のようだった。

「これ以上耐えられないんです! 三年間、あらゆることを経験した。あらゆることに思いをめぐらせて、見て、聞いて、感じてきたんです。誰だかわからない人物が、愛する娘に対してしたかもしれないことを、すべて!」

言葉を継ぐたび、母親は金切り声を浴びせている相手に一歩ずつ詰め寄る。そして最後の一歩で、彼女の顔はグレーンスの目の前に迫った。

「リニーヤは毎日、わたしの腕の中で息を引き取ってきたんです!」

それから少しして、エーヴェルト・グレーンスは来たときと同じ生暖かく静かな八月の夜の中に出た。やわらかな腕に身をゆだねるかのように。あたかも家の中での出来事が、外で生きる人々には手を出せないかのように。おもちゃなどをよけて進み、通りに出てから振り向くと、三人の目がこちらを見つめていた。二階の窓からは、双子の妹がまだ生きていると信じている少年。一階のキッチンの窓からは、娘は死亡したと判断を下した父親と母親。

ねむってたみたい。はじめは雲を見てた。あたしたちは雲の中にいて、まだねむってなかった。それから急にねむたくなって、目がさめたら、ぜんぶ青かった。空。空にいるんだ。ほんとに。ヤーコプに教えてあげなくちゃ。会ったときに。たぶんヤーコプもあたしが来るのを待ってる。だから、あの大きなお店を出たときにいなかったのかも。

ちょっぴりさびしい。

ほんのちょっぴり。

空《から》の棺。

これまでの人生では、つねに死が身近にあった。日ごと夜ごとストックホルム市警で死の真相を究明してきた。それでも、そこにいない人物の葬儀に参列したことはなかった。

両親の言いたいことは理解できた。

その気持ちもわからないでもない。

リニーヤは毎日、わたしの腕の中で息を引き取ってきたんです。

にもかかわらず、彼はエリック・ウィルソンのオフィスのドアを開け、まっすぐデスクへ向かい、上司が電話を切るのを待たずに話しはじめていた。

「時間が欲しい」

ウィルソンは手を振り、苛立たしげに口に指を当てて黙るよう命じた。

エーヴェルト・グレーンスはその仕草を理解していないようだった。

「一週間か二週間、できればもう少し」

上司はやっと電話を切った。会話の途中だった。切ったことに満足しているようには見えなかった。

「ドアは閉めていました。電話の最中でしたから。普段より遅くまで残ることにしたのは、誰にも邪魔されずに片づけたい仕事があったからです。それなのにエーヴェルト、なぜかずかと入りこもうと思えるんですか？　このような――」

「三週間、四週間、あるいはもっと長く」

「このような状況で、強引に自己主張できる理由を教えてください。わたしの決定をくつがえせると考える理由を」

「捜査がじゅうぶんに行なわれていないと確信しているからだ。少女はどこかにいる。生きているのか死んでいるのかはわからないが」

「座ってください」

「彼女を見つけたい。連れ戻したい。家族のもとに、あるいは棺に」

「エーヴェルト、座ってください」

エリック・ウィルソンは何も言わず、席も立たず、目の前で唾を飛ばしてわめき散らす警部を見つめながら待った。その後ようやく、グレーンスは来客用の椅子をつかんで腰を下ろした。

「あまり調子がよくないようですね、エーヴェルト」

「余計なお世話だ。もう年だからな。だが、まだ死なない」

「エリーサです。彼女から聞きました。心配していましたよ」

エーヴェルト・グレーンスは、これ見よがしにため息をついた。

「彼女がヘルマンソンの後釜というわけか。つねに俺の健康を心配していた。しつこいくらいに」

「エリーサは気にかけているんです。理解して、考えている」

グレーンスは両手を広げた。

「わかってる。ただちょっと……眩暈がしただけだ。さっきまでな。いまはだいぶましになった」

「ましに？　エーヴェルト――それどころか、いつもより疲れているように見えます。くたびれ果てているようだ。とはいっても、元気な姿を見たことはありませんが。顔色が悪い。健康状態がよいとは思えません。しばらく前から気づいていました。だから、エリーサに背中を押してもらってちょうどよかった。わたしは単に上司というだけではない。人事責任者でもあるんです。責任です――あなたに対する。あなたはこの警察本部で四十年以上、馬車馬のように働いてきた。なのに、いまだに勤務時間は誰よりも長い。ひとりだけ飛び抜けている。ほかの者が皆、互いに協力し合っているのは見てきたはずです。わたしが思うに、PTSDのような症状が出ているとしても不思議ではない。心的外傷に対するストレス反応です。特定の出来事がきっかけではなく……とにかくすべてが原因で」

するとエーヴェルト・グレーンスは立ち上がった。そして、ふたたび腰を下ろす。エリック・ウィルソンのデスクの上に。

「何を言うんだ、ウィルソン」

「過去にも、精神的にも肉体的にも強くて経験豊富な警察官が、危険信号が灯っているのに、そんなものはでっちあげだと言って見て見ぬふりをするケースが何度かありました。そういう場合、気づいたときには手の施しようがないんです」

やや身体が重すぎる警部は、座ったまま動かなかった。デスクが大きく傾いているにもかかわらず。

「俺は気づいてる。だが、跳ね返す方法を学んだ」

「そううまくはいきません」

「まったく問題はない。いまのところは」

「いずれ跳ね返せなくなります。いずれ追いつかれる。いまは速く走ることができても、かならず追いつかれる日が来ます。遅かれ早かれ、そうした亡霊と対峙しなければならない。たとえあなたでもね、エーヴェルト」

グレーンスが上司のほうに身を乗り出すと、薄いデスクの軋みが金属的なすすり泣きとなる。

「それで、俺はあとどれだけ動けるんだ？　教えてくれ。五週間？　六週間？　七週間までいけるか？」

エリック・ウィルソンは長身で恰幅のよい男だ。だから声を張り上げたことがないのかもしれない。そうするまでもなく威厳が備わっているからだ。

だが、今度ばかりは声を荒らげた。

「いっさい動かないでください！　今日の午後も言ったとおり、あなたは担当外だからだ。これまでもずっとそうだ。この部屋を出たら、あなた自身のデスクにある仕事に集中してください。正式な仕事に。いいですか、エーヴェルト。明日死亡宣告される七歳の少女の件からは手を引いてください」

ウィルソンの広い立派なオフィスから、はるかに狭くてねぐらのようなグレーンスのオフィスまでは遠くない。

だが、そこにたどり着くことはなかった。

コピー機の前まで来ると、彼は踵を返し、壁に耳のある廊下を避けて警察本部を出た。誰にも聞かれずに電話を何本かかけるつもりだった——聞かれていたら、けっして話さない相手に。

エーヴェルト・グレーンスは、警察の記者会見は自分とはなるべく関係のないところで開き、余計なことは話すべきではないと主張してきた。

エーヴェルト・グレーンスと新聞記者との接点は、哀れな受付係が電話番号を走り書きしてドアに貼りつけた黄色い付箋紙のみで、それをきれいな放物線を描いてゴミ箱に投げ捨てるのが常だった。

それなのに、いまは彼らに連絡しようとしている。記者の力が必要だった。

用件は手短に済ますつもりだった。匿名の情報提供が決まってそうであるように。限られたニュース編集室でしか扱えない内密の情報。三年前に始まり、当時紙面をにぎわした話にかかわる情報。跡形もなく消えた少女の話。

その追跡記事を彼らに書いてもらう。

葬儀のこと。

家に帰ってこなかった少女の葬儀について。

もうすぐ着くみたい。スピーカーの声がそう言った（たぶんここで働いてる人の声。行ったり来たりして、こまったことがないかどうか、食べ物や飲み物がほしいかどうかきいてまわる人。あたしはほしいって答える。いつも）。だんだん下がってきて、また雲の中に入る。中に。通り抜けてるだけかもしれない。わからないけど。でも、あの大きな青い空はまだどっか上のほうにあるはず。

ますますヤーコプに会いたくなってきたかも。

うそじゃない。

だけど、ほんのちょっとだけ。

自宅で眠ろうとしたが、ベッドのブラックホールはどんどん広がるばかりだった。少しだけうとうとしたのかもしれない。少なくとも、そう感じた。というのも、たしかに夢を見ていたからだ。あのベンチに座っていた女性の夢だった。打ち切られた捜査の資料で、ジェニーという名だとわかった女性。アンニにそっくりで、アンニのように話し、アンニと同じように我が子を身ごもっている……目が覚めると冷や汗をかいていた。現実かと思った。アンニが生きていると。だが、そんなことはない。グレーンスは同居人のいない、だだっ広いアパートメントを歩きまわった。どの部屋も馴染みがなく、なぜ自分がここにいるのかが不思議だった。眼下に都会の夜が広がるバルコニーに出たが、いつものように心が落ち着くことはなかった。夜が明けて、朝陽が家々の屋根を染めはじめると、彼はスヴェア通りの自宅を出て、ひと気のない通りを抜け、ベリィ通りの警察本部に歩いて戻った。そして、くたびれたコーデュロイのソファーでようやくしっかり眠った。ぐっすりと。

早起きの同僚たちの足音が廊下に響きはじめるころには、短い仮眠だったにもかかわらず、すっかり疲れが取れたように感じた。例によって朝食はデスクでとる。給湯室の外の自動販売機でブラックコーヒー二杯と、ビニールに包まれたハムとチーズのサンドイッチを買い、その間に昨晩とはまったく異なる電話をかける勇気を奮い起こした。

「もしもし……？」

「どうも……前に一度お会いした者ですが」

「ええと――どなた？」

「数日前、同じベンチに座っていた。ふたつの白い十字架の前に」

沈黙。呼吸の音さえほとんど聞こえない。彼女がふたたび口を開くと、その声は先ほどより静かで、用心深く警戒するような口調だった。

「同じベンチ？」

「ああ」

「あのときの……？」

「そうだ」

「そのあなたが――なんの用ですか？　どうしてわたしの名前を知っているの？　どこで連絡先を？」

「警察の捜査資料に残っていた。駐車場で行方不明になった少女の事件だ」

「裁判にかけられてはいないわ」

「知っている」

「公にもなっていないはずよ。捜査の守秘義務か何かで。万が一、捜査が再開されたときのために」

「じつは……」

彼は口ごもった。どう続ければいいのかわからなかった。だから、相手が言葉を引き取ってくれてほっとした。

「つまりあなたは……警察の人？」

「警部だ」

「そんなこと、ひと言も言ってなかったじゃない」

「墓地には個人として行ったんだ。あんたと同じで」

彼女はまたしても黙りこんだ。あまりにも長かったので、グレーンスは電話が切れたのかと思った。

「もしもし――」

「聞こえてるわ。あなたがなぜ電話してきたのか考えてるの」

今度はグレーンスが黙りこむ番だった。通常であれば、捜査で目撃者を見つけ、証言を聞き出すなど造作もないことだ。だが、今回は通常の捜査ではない。そもそも捜査が行なわれてすらいないのだ。

「もう一度会いたい。墓地で」

彼女は笑い声をあげ、一瞬、警戒心を緩めた。

「なんだかロマンチックね」

「あくまで仕事だ。嘘ではない」

「警察の仕事？　墓地で？」

「知らないかもしれないが、ストックホルムでは刑事の仕事に死亡者はつきものだ。あんたに会って、見せたい写真がある。それにあそこなら――堅苦しくないだろう。書類に記入する必要もなければ、互いの発言を文書に残す決まりもない」

彼女はまたしても用心深く呼吸する。ためらっているにちがいない。仮に立場が逆だとしたら、グレーンスも同じように振る舞うだろう。よく知らない相手から、墓石に囲まれて会おうと言われたら。

「いつ？」

彼女の声。

多少は疑いが晴れたらしい。

「できれば、いますぐにでも」

「仕事に行く途中に寄れるわ。一時間後に。それでいい、警部さん？」

きっかり一時間後、グレーンスは一九B区画、六〇三番の墓の前のベンチに座っていた。花の水やり、枯れ葉掃除、雑草とりは、すでに済んでいる。アンニとの会話も終えたいま、ここにいるのは別の人物のためだ。もっと若い、数列向こうに空の棺が埋められている少女。あと数時間で、やはり形だけの埋葬が行なわれる少女と同い年の子ども。

十分が経過したが、グレーンスはまだ同じ場所に座っていた。ほかには誰もいない。彼女はまだ来なかった。そこで彼は立ち上がり、十字架と墓石の列のあいだを歩きはじめた。ときおり足を止めては、生年月日と死亡年月日を見て、死亡した年齢を計算する。長生きする者、驚くほど短い生涯を閉じる者……人生はなんと不公平なのか。

ふと、自分の父親のことを考える。数えるほどしか会ったことはないが、墓はいまでも彼が世話をしている。つややかな黒い御影石に、石工によって金色の文字が力強く刻まれた美しい墓石。

市内の別の二ヵ所の墓地にいる両親。目の前で眠る女性。少し離れた記念樹の下に眠る娘。

人との触れ合いの皮をことごとく剝がされたおまえは、いったい何者なのか？　何ひとつうまくかみ合わないような状況で、どうやって文脈を理解するつもりなのか？

グレーンスにはわからなかった。少なくとも、いまはまだ。それでも最近は、計画どおりにいかなかったことはあきらめ、新たな力を探して立ち上がろうと努力した。かつての自分、かつての人生を取り戻すためではなく、以前とは姿を変えて戻ってくるために。ときには変わることが唯一の方法になる。

「ごめんなさい、遅くなって」

彼女は覚えているよりも背が高かった。短い黒髪はふたつに結わえられていたが、視線の揺るがない、あの強い目はあいかわらずだった。

「こちらこそ呼び出してすまない。座らないか？」

グレーンスは安定しているとは言い難いベンチを指さし、それぞれ前回と同じ場所に腰を下ろした。すでに習慣になっているかのように。

「わたしに見せたい写真があるって言ったわね」

前置きはなかった。彼も雑談は苦手なので、本来ならありがたいと思うところだ。にもかかわらず、わずかな失望を覚えた。

「あんたはあの子の母親だ。アルヴァ――たしかそう呼びたいと言っていたが」

「アルヴァ」

「父親について尋ねるつもりはない。ほかの肉親についても。あんたがひとりでいる理由も。だが、俺の質問に答えられるのは母親しかいないんだ。あんたは彼女の世界のすべてだった。どんな子だったか、よく知っているはずだ。ほかの誰よりも」

上着の内ポケットに入れた封筒はしわくちゃになっていた。それを木のベンチに押しつけて、できるかぎり伸ばしてから中身を彼女に差し出す。

写真の束。

「彼女が駐車場で姿を消した同じ日に、もうひとりの四歳の少女が行方不明になったと届け出があった――その子も戻らなかった」

一枚目はスタジオで撮影された写真だった。不自然な笑みにぎこちない姿勢。

「名前は？」

「リニーヤだ。ほんの数時間後に、ほんの数キロ離れた場所で消えた。まず確認しておく――この子に見覚えはあるか？」

「たぶん」

「たぶん？」

「会ったわけじゃなくて、行方不明者の写真で。郵便受けに手紙が入ってたような。まさにこの写真が添えられて。覚えてる。だって……わたしも……」

必死に手がかりを求めるリニーヤの両親。その姿は世間の多くの人の胸を打った。

「本人に会ったことは？」

「ないわ」

次の写真は、リニーヤがいまでも双子の兄と共有している部屋の金縁の写真立てに飾られているものの焼き増しだった。楽しそうに笑いながら、生気に満ちた目でカメラを見つめる子ども。グレーンスがそれを選んだのは——それ以降の写真もそうだが——少女がほかの子どもたちに囲まれているからだった。

「その写真を見てほしい」

「ええ」

「リニーヤじゃなくて、ほかの子どもたちだ」

彼女は無意識に子どもの人数を数えた。九人。リニーヤと同じく、楽しそうに走りまわっている。

「この子たちが何か？」

「その中に、あんたの娘はいないか？」

彼女はその写真にすばやく目をやった。それから次の、やはりリニーヤが数人の子どもたちと一緒にいる写真。そしてその次、さらに次。やがてすべての写真を見終えた。

「いないわ」

「本当に?」

「ええ。アルヴァはいない。どの写真にも」

彼女は写真を返し、グレーンスはそれを封筒に入れて内ポケットに戻した。そして、どうすべきか決めかねて、そのまま無言で座っていた。そこへ老夫婦が通りかかり、誰もが喪失によって結ばれた場所でするような挨拶をして、グレーンスにつかの間の猶予を与えた。彼も挨拶を返し、しばらくのあいだ、砂利道を歩いていく老夫婦の足音にふたりで耳を傾けていた。だが、ふたたび静寂とともに気まずさが訪れる。今度は、彼を救ったのは隣の女性だった。

「あなたの名前がなんなのか、見当もつかないわ」

彼女はそっとほほ笑んだ。

「最初に会ったときも、電話でも何も言わなかったし、ここに来たときも名乗らなかった」

「エーヴェルトだ」

彼は咳ばらいした。

「エーヴェルト・グレーンス」

「こんにちは、エーヴェルト。わたしは――もう知ってるだろうけれど――ジェニーよ。それにしても、あなたの本当の目的はいったいなんなのかしら」

「本当の？」

「あなたが無意味な写真を見せるために呼び出したなんて、本気で信じると思う？」

「無意味な写真ではない」

「そうかしら？」

彼女は両手を上げた。

笑みは浮かべたままだが、その意図は明らかだった。

たわ言はもうじゅうぶんだ。

「たしかに、それ以外にも目的はあったかもしれない。運よく、この写真のどれかにアルヴァが写っているかもしれないという期待だけでなく」

「それで？」

またしても彼女は腕を広げた。答えを待っている。

「あんたの娘と、この写真の少女につながりがあるかもしれないと考えている」

「つながり？」

「年が同じ。ふたりとも数時間の差で姿を消している。だが、ふたつの捜査が結びつくことはなかった。一方はすでに終了し、あんたは墓参りに来ている。もう一方は、捜査が縮小され、警察も家族も断念せざるをえなかった。狭すぎる視野。担当する警察管区が異なっても、決まりきった手段で捜査が行なわれる場合によくあることだ」

彼女は腕を下ろし、ベンチの背にもたれた。そのわずかな動作でも、がたがたするベンチは傾いた。

「それで、そのことをなぜわたしに？」

「よくわからない。おそらく、すべてはあんたがきっかけで始まったからだ。それに、仮に両方の事件の捜査を継続するとしたら、非公式に行なわれなければならない。同僚にも上司にも黙って。だがいちばんの理由は、もう二度と葬式には出ないと誓ったからだ。今日の午後、あんたがいま見た写真の少女が埋葬されて、新たな空の墓となる——その場にひとりで行くのは耐え難い」

はねる。
ぴょんぴょん。
飛行機がチャクリクするときはそうなる。あたしの名前を知ってる人が教えてくれた。
こわがることはないって。こわくなんかない。
そんなに。

目の前の男は格好がよいとは言えなかった。

上着のボタンは腹の部分が閉まらず、背が伸びたわけでもないのに、なぜかズボンは短くなり、靴は磨かれておらず、どうやってもネクタイの結び目は作れない。

エーヴェルト・グレーンスはまた一歩後ろに下がり、玄関の鏡から離れた。そうすることで問題が解決するかのように。

二度と着るつもりのなかった黒のスーツは、屋根裏の収納スペースに吊るされていた。二度と締めるつもりのなかった白いネクタイは、寝室の洋服だんすにタオルや枕カバーと一緒に詰めこまれていた。唯一の賢明な方法は、クロノベリの警察本部へ行き、最も付き合いの長い同僚で、いまでは親友のスヴェン・スンドクヴィストに助けを求めることだった。あるいは、長年のうちに尊敬するようになったエリック・ウィルソンにネクタイを締めてもらうか。だが、ふたりに喪服姿を見せるわけにはいかなかった。ウィルソンはすでに、本件の捜査は終了したと明言している。そしてスヴェンは、グレーンスが正式に許可されていない捜査に首を突っこむと、たいていはうまくいかないと忠告するだろう。感情的な判断を下し、その結果、収拾のつかない状態となってしまうと。

そういうわけで、グレーンスはネクタイを外して元通りくしゃくしゃに丸め、薄くなりつつある髪を手ぐしで整えたが寝癖は直らず、ため息をついて、鏡に映った姿をその場に置き去りにした。分身は玄関のドアに鍵をかけ、階段を下りて通りに出た。

車に向かいながらも、自分で自分の行動を理解しているのかどうかわからなかった。なぜこのまま医者のところへ行き、眩暈が血栓や脳溢血といったよからぬ病気の症状かどうかを確かめないのか？　まったく気にかける必要のないことに、なぜ時間やエネルギーを注いでいるのか？　自分とは無関係で、なんの責任もないというのに。おそらく今回は、回れ右して引き返すべきなのかもしれない。

雨粒が地面に落ちる前に消えてしまうほどの霧雨のなか、約束どおり、北礼拝堂の長い石段の下で落ち合った。黒いワンピース姿で、包装紙に包まれた赤い薔薇を手にした彼女は——最初に会ったときと同じように——どこかアンニを思わせた。じっとたたずむ様子か、あるいは表情かもしれない。背中に腕を回され、グレーンスはとっさに後ずさりした。触れられることに慣れていないのだ。だが、葬儀に向かう人のほとんどは、握手だけで済ませてはいない。それに、本来の目的以上の意味はなかった——この忌まわしい寒さのなかで、ぬくもりを分かち合うだけにすぎない。

早く着きすぎたらしく、新聞社のカメラマンが二名、近くで待っているだけだった。グレーンスは、歩み寄って、来てくれたことに感謝したい衝動をこらえなければならなかった。左右対称の翼にもたれかかるように建ち、やわらかなアーチ形の円天井が空にそびえる美しい礼拝堂に足を踏み入れると、まだすべての席が空いていた。ふたりは入ってすぐの広い通路を右手に進み、後方の小さな飾りの脇に腰を下ろした。部分的に視界が遮られたが、誰かに気づかれる心配もほとんどない。

ほどなく前方のベンチがいっぱいになった。

ささやき声が礼拝堂の壁を伝わってくる。

火のついたロウソクに囲まれた石の厚板の中央に、空の棺が置かれていた。

「ありがとう」グレーンスは顔を近づけてささやいた。「一緒に来てくれて」

ジェニーは、ほかにも話している人がいるのを確かめるかのように周囲を見まわした。

「自分がなぜここにいるのか、まだよくわからないわ」

「俺が葬式が苦手だからだ」

「あなたがなぜここにいるのかもわからない」

「ほかの捜査官たちが見なかったものを見る、最後のチャンスだからだ。ひょっとしたら、彼らに理解できなかったことを理解できるかもしれない」

そのとき、はっきりとはわからなかったが、どこか近くでオルガンの音が鳴り響いて会話の芽を摘んだ。最初の賛美歌は、この取り返しのつかない儀式と同じくらい厳粛で重苦しかった。

最も耐え難いのは、棺の周りに集まるときだった。

参列者がひとりずつ前に進み出て、両親と司法関係者が、もはやこの世に存在しないと判断した少女に別れを告げる瞬間。

これほど人間が無防備になる瞬間はない。

集まった人々に顔を向ける。逃げ場のない苦しみや悲しみ。

リニーヤの双子の兄を見たグレーンスは胸を締めつけられた。ヤーコプはじっとその場に立ち、最後の砦――どんなことがあろうと妹はまだ生きている、何ひとつ変わっていないという信念――を突き崩そうとする周囲の大人たちに抗っていた。グレーンスがこれほど誰かを力いっぱい抱きしめたいと思ったのは久しぶりだった。

外に出ると、いくらか呼吸が楽になった。霧雨はまだ残っていたが、雲の隙間から陽が射している。ふたりが遠目に見つめるなか、参列者たちは掘られたばかりの穴に近づき、棺の上に花を落としていく。黄色、赤、白の薔薇。青いアヤメを持っている年配の婦人もちらほらいた。しばらくすると、皆が一箇所にひしめいている様子に、何が起きているのかよくわからなくなったが、やがて誰かが子どものための祈りを唱え、グレーンスが耳にしたことのない賛美歌も聞こえてきた。そして、参列者のあいだにできた隙間から、ヤーコプがおずおずと墓穴のほうへ近づくのが見えた。けれども気が変わったのか、急いで戻る。警部はジェニーとともに、樺の木のまばらな木立のそばで皆が散り散りになるまで待ち、礼拝堂の管理人がふたり、小さな穴を埋める準備を始めると進み出て、棺の蓋の上に赤い薔薇を一本ずつ落とした。

「礼拝堂の中で見かけたような気がしたんだ」

グレーンスは空の棺をじっと見つめていた。

少女の父親が近づいてくるのに気づかなかったのは、そのためだろう。

「と思ったら、今度は――あの子の墓にまで！」

その声はかすれていた。まさに、娘に別れを告げたばかりの男の声。さらに警部を射抜く目は、三年間まともに眠っていない男のものだった。

「〝そっとしておいてほしい〟という言葉を理解するのがそんなに難しいのか？」

少し離れたアスファルトの歩道に、リニーヤの母親と三人のきょうだいの姿が見えた。

ひとり家族から離れて詰め寄る父親の理不尽な怒りは、グレーンスにとっては予想外であると同時に奇妙に感じられた。

「おまえだったんだな！　そうだろう？　おまえがカメラマンに連絡したんだ」

グレーンスには彼の言うことがまったく理解できなかった。敵意を理解するのに苦労したことはめったにない。頑固者の自分が怒鳴りつけられるとき、相手には、たいていそうするだけの資格がある。だが、今回は身に覚えがなかった。

「身内以外は誰もこのことを知らなかった。誰も——おまえ以外は！」

「わからない」

「何がわからないんだ？」

「そもそも新聞社に知らせて、記事を書いてもらうよう頼んだのはあんたの家族だった。彼らはその続報を書こうとしている。やりかけの仕事を終えるために。あんたと同じで。なのに、なぜそんなに動揺しているんだ？」

「そっとしておいてくれるはずじゃなかったのか。そう頼んだだろう？　この長い道のりに終止符を打たなきゃいけないんだ。家族みんなのために。何より、愛するヤーコプのために」

「いや」

「なんだ?」

「まだわからない。なぜあんたはそんなに怒ってる? 関心を持つのがそんなに悪いことなのか? 何に動揺してるんだ? 俺は警察を代表して来ている。あんたの娘のために。なぜなら――」

「もう行きましょう」

言いよどむグレーンスを遮って、ジェニーが彼の腕を取った。

「邪魔をするつもりはなかったんです。さあ、帰りましょう、すぐに」

そう言って彼を引き離した。疲労と怒りと絶望に満ちた目の父親から。墓と、花に覆われた小さな白い棺から。ふたりは雨で滑りやすくなった芝生を無言で横切り、礼拝堂と管理人の物置小屋を通り過ぎて、ソルナ教会通りへ向かった。そして大きな門から通りに出ようとしたとき、彼女は足を止めた。

「本当なの?」

静かで鋭い口調だった。

「あの父親が言ったこと。彼の家族が邪魔をしないよう頼んだって。近づかないでほしいと」

グレーンスは答えなかった。それが答えだった。

「上司や同僚が、打ち切りとなったこの捜査にもうかかわりたくない、かかわることもできない、だから一緒に来てほしい、あなたはそう言った。だから、わたしは来たの——嘆き悲しむ家族のために。アルヴァのために。他人のために喜んで自分の時間を割く警察官がいると知って、うれしかった。なのに——なのに当の家族は、被害者の親族は、捜査を続けることを望んでいなかった。それどころか、放っておいてほしいとあなたに訴えるなんて！」

警部は押し黙っていた。これほど喪服がきつく感じられたことはなかった。

「次にわたしがあのベンチに座っているのを見かけても、近づかないでちょうだい。わたしが帰るまで離れてて。それから、二度と電話もしてこないで。これほど恥ずかしい思いをしたのは久しぶりだわ」

ジェニーの歩き方は大股で力強く、その姿もアンニに似ていた。規則正しいコツコツ音の速度が落ち、彼女は脇道へと出た。そこに車を駐めているのだろう。

彼女の姿が見えなくなってからも、グレーンスは長いこと動かなかった。自分がどこへ向かうべきなのか、見当もつかなかった。雨脚が強まってきたが、気づかなかった。気づいても気にしなかった。

墓地を訪れた人々が帰るまで待った。そして、誰もいないのを確かめてから引き返した。

墓へ。そこにじっとたたずみ、ふたりの管理人がスコップで土をすくって穴を埋めていく様子を見つめていた。穴の中には空の棺が置かれている。少女の死の象徴。

「こんにちは」

グレーンスは驚いて振り返り、みごとに気配を消していた人物に目を向けた。

「それ、忘れてた」

ヤーコプだった。そう遠くない芝生に、彼が墓に入れるつもりだったものが落ちていた。テディベアだ。赤い水玉模様のスカーフを巻いている。双子のベッドの足元に置いてあった、ふたつのうちのひとつが彼の腕にしっかり抱きかかえられた。

「おじさん、お巡りさんなんでしょ？」

「そうだ。だからきみの家に行ったんだ」

「妹を見つけてくれるの？」

あの目。ヤーコプの確信に満ちた目が、それほど確信のない老いた警部の目をまっすぐ見つめる。

「ああ」

答えなければならなかった。

「きっと……」

唯一、口にできる答え方で。

「……見つける」

〝生きて〟という表現は使わなかった。

「よかった。みんな、妹が眠ってるって言うんだ。誰だって眠るだろうって。だけど、ぜったいまた会える。リニーヤを感じるんだ。お腹の中で。きっとどこかにいるよ」

少年は、グレーンスが受け入れられるただひとつの真実をあいかわらず信じていた。そして、雨からテディベアを守るように上着で包んだとき、誰かが彼の名を呼んだ。

「ヤーコプ！」

母親だった。断固とした足取りで、息子のほうへ急いで芝生を横切ってくる。

「早く来なさい！　わたしたちは……今日は一緒にいなきゃいけないの！」

グレーンスは手をつないで遠ざかる母子を見送ってから、ふたたびひとりで歩き出し、芝生から砂利道に出て、もうひとりの少女の棺が埋められている白い十字架へと向かった。雨はますます強くなり、いまやほとんど土砂降りだったが、アンニの眠っている場所のそばのベンチに腰を下ろした。視界がかすむなか、ただ座っているのは心地よかった。これほどずぶ濡れになることは、めったにない。縮んできつくなった白いネクタイをほどき、ベンチの横のゴミ箱に投げ捨てる。

ちょうどそのとき電話が鳴り出した。

画面に表示された名前を見て、そのまま放っておく。だが電話は鳴りつづけた。やがて彼はあきらめて出ることにした。

「どういうつもりですか、エーヴェルト」

エリック・ウィルソン。上司。

「彼らに干渉するべきではなかった。これはあなたの任務ではないんですから。それなのに、なぜわたしはパソコンの前に座って、『ダーゲンス・ニュヘテル』のホームページで葬儀の写真を見ているんですか？　あなたが写っています——端のほうに、はっきりと」

あいかわらず不機嫌だった。

「家族から警察に問い合わせがあったんです——青天の霹靂でした——いったいあなたは誰なのか、なぜ彼らの家に来たのか、なぜあれこれ詮索しているのか。あなたの担当ではない捜査で。それでわたしは、まともに答えられず、ばかみたいに黙ってその場に座っているしかなかった。あなたが何を目当てに新聞社に連絡したのかはわかります。注目を集めるためだ。そうすれば、わたしが考えを変えざるをえないと思って。いわば切り札ですね。でも、この事件の捜査は終了したと、これ以上ないほどはっきり伝えたはずです。それに、あなたは疲弊しているとも、休みをとるべきだとも言いました。もう一度言います。

これはもう提案ではありません。命令です。エーヴェルト——いまどこにいようが、戻ってこないでください。ここには戻らず、家に帰るんです。そこにずっといてください」

「家に？」

「たったいまから、あなたは休暇を取得します。自由です。呼び方はどうでも構わない。何もしないことに給料が支払われる。その間に、医者に診てもらってください——身体も心も」

「それで、家で何をしろというんだ？」

「休むんです。ゆっくり散歩でもして。身体を大事にしてください」

「休むものか。俺は働く。それが俺の健康法なんだ。仕事をしないと——」

「それがあなたの問題なんです、エーヴェルト。そんなに疲れ果てていたら、仕事など無理です。燃え尽きる寸前ですよ。二度と立ち直れなくなるかもしれない。あなたにとって、歓迎すべきことではないでしょう。もちろんわれわれにとっても」

「疲れ果ててなんかいない。ただ事件のことで動揺してるだけだ……それから、この墓地で経験した出来事のせいで……」

「出来事？　どんな出来事です？」

エーヴェルト・グレーンスは言葉を続けなかった。代わりにエリック・ウィルソンが続ける。

「いいですか、エーヴェルト。よく聞いてください。違法行為で停職になった数回を除いて、あなたは警察本部から離れたことはない。わたしがいくら促したって休暇も取らない。これ以上、有休を繰り越すことはできません。だから、いま取ってください。今年度分の休暇はまだ有効です。昨年度の分も――ただし、それだけです。その気になれば、退職するまで家で過ごすこともできたかもしれませんね。全部で十二週間。その期間、あなたはここを離れます。戻ってきたときには休暇は残っていませんが、いずれにしても必要ないでしょう。わたしがお願いしたとおり、医者に行って、心身ともに診てもらっているはずですから」

エーヴェルト・グレーンスは雨を見上げた。

それから横たわった。

ベンチの上に仰向けになる。

顔を空に向け、雨水が額やまぶたや頬を流れ落ちるのを感じる。

眠ってしまったのかもしれない。でなければ、眠りと覚醒の狭間の、思考がすべてであると同時に無である形のない世界に入りこんだか。おまえは警察官で、彼女を見つけるんだろう？　妹の墓に足を滑らせる少年の夢から、よく似たふたりの女性が共通の子どもを埋めている夢へと変わる。浮かんでは溺れ、力のかぎり走っても距離は開きつづけ、棺の上に落ちる少年を助けることができない。リニーヤを感じるんだ。お腹の中で。きっとどこかにいるよ。

横たわっているうちに、グレーンスはついに捉えた。

　方角を。

どこに向かうべきか、少なくとも、どこから始めるべきかがわかった。

　やっとのことで起き上がり、しばらく水浸しのベンチに座ったまま、靴の中でぐちゃぐちゃ音を立てて足を動かしていたが、やがて歩き出した。墓地の東部へ。記念樹のほうへ。一度も足を運んだことがない場所。三十年が過ぎて、会ったことのない娘のもとをようやく訪れる決心がついた。そこでひとりで眠っている娘。ジェニーとは違って、彼女はこの世に存在したことがないと考えたから。今日、腹をくってそこまで行き、アンニに対してそうしたように、生まれなかった子どもに少し話しかけたら、その後は家に帰って、昼間は眠って過ごし、夜間に警察本部でふたつの空の墓の関係を調べるつもりだった。少女たちのことは、誰かが気にかけておかないといけない。なぜなら——彼はずっと誤解していたが——ほかの誰かが信じるかぎり人間は存在しているからだ。また、警察官は記録保管室に書類を保管することができるが、その一方で事件には、人の思惑にかかわりなく発生するという厄介な性質がある。誰かがある事件を気にかけていようがいまいが関係ない。そしてどんな場合でも、遅かれ早かれ、すべてを変え、過去をよみがえらせるような出来事が起こる――それを機に、ある者は思い出し、ある者は悔やみ、ある者は語ろうと決意する。

そして、ある日連絡をしてくる。

長いヘビみたいに列に並んでる。みんな。飛行機に乗ってる人たち。あいた席のあいだの通路をゆっくりとくねくね進んでいく。バッグを持ってないのは、あたしだけ。だって、いらないから。まっすぐ家に帰って、これがなんのゲームなのか、大きなお店でパパとママがどうしてイタズラをしかけたのか——カッコいい車と、雲の中を飛ぶ飛行機に乗る前に——やっと教えてもらえる。いちばんききたいのは、どうして先に行っちゃったのかってこと。あたしを置いて。大きなヘビはいちばん前まで来ると、こんどは階段を下りて、アスファルトの地面を空港のバスのところまで行く。新しい空港の建物に着いたら、きっとみんなが待ってて、〝会いたくてたまらなかった、ちゃんと飛行機に乗れたね〟って言って抱きしめてくれる。一日じゅう、はなれてたわけじゃないのに。どんな気持ちだろう。

ヤーコプもいるかな。

たぶん、いる。

第二部　まさに最も暗い闇の扉をノックしようとしていた

オフィスの広さはじゅうぶんではなかった。エーヴェルト・グレーンスは窓とドアのあいだ、ソファーと本棚のあいだを歩きまわり、時間とともにますます激しく、ますます頻繁に物に当たるようになった。そこで、今度は殺人捜査課のひと気のない廊下を歩きはじめた。足を引きずる音を響かせ、踵で床を踏み鳴らしながら、同僚たちのオフィスの閉まったドアの前を通り過ぎる。

午前二時四十五分。

誰もいない。いつもどおりだ。

日付が変わる二時間前の午後十時ごろなら、裏口から忍びこんで階段を上っても気づかれなかった。エレベーターは避けた。誰かに出くわしたら逃げ道がない。昼夜を逆転させることは、暗がりで誰にも見られないのと同じくらい簡単だ。いまでは、秋風邪の咳のように周期的にうなり、やがて静まるコーヒーの自動販売機のモーター音も、コピー機の低い待機音もお馴染みだった。昼間には気づくことのなかった、新たな友人。

グレーンスは電話を取り出すと、マリアナ・ヘルマンソンの番号を入力した。これで今夜は四度目だ。

出ない。

アンニがこの世を去ってから話をするようになったマリアナ。いつでも適切な質問を投げかけ、彼の考えが飛躍しないように手綱を締めてくれた。ジェニー――ほとんど知らないにもかかわらず、夢で会うだけでは足りないと思える女性――と同じく、二度と会わないという約束を守りつづけているマリアナ。予想にたがわず、彼女に会いたくてたまらなかった。

十一週間前、赤い薔薇や青いアヤメで覆われた空の棺が地中に埋められてから、彼は雨でずぶ濡れになったスーツで墓地を後にしたが、それ以来、ふたりの少女のことが頭から離れなかった。来る日も来る日も、ふたりはそばでおしゃべりをして、彼の気を散らした。そっとしておいてくれなかった。長年、警察官として働いてきたグレーンスだったが、この職業の最も基本的なルールを学んでいなかった――犯人も被害者も、仕事のなかに存在するのであって、おまえの人生に存在するわけではない。

彼は静まり返った警察本部の乾いて埃っぽい空気の中を歩きつづけた。八往復して、自動販売機の前で二度、足を止める。アルミ缶入りのアーモンドタルトと、チーズとパプリカのサンドイッチ。そのうちに、夜明けが反対側の窓の暗闇を少しずつ明るく染めはじめた。

「グレーンス？」

はっとした。声は背後から聞こえた。

「そうだろう？」

エーヴェルト・グレーンスは振り返った。

廊下の突き当たりに、やや前かがみの長身で痩せた人影が見える。ちくしょう。見つかった。

すると人影は近づいてきた。長く細い脚は、歩幅は広いが足取りに力はなく、グレーンスの歩き方よりはるかに静かで、まったく響かなかった。

「ヴァーナルか？」

「ああ」

その猫背の刑事グンナル・ヴァーナルとは、もうずいぶん長い付き合いになる。同じ年の冬に警察官となり、いまや互いに最後の年を迎え、ともに定年後の予定はない。

「金曜の夜半過ぎなら、殺人捜査課の廊下にきみがいるはずだとわかっていたんだ。本当だったら、いるべきではないがね」

「なぜわかった？」

「冗談はよしてくれ。エーヴェルト・グレーンスが、ほんの一時期でも署を離れるだと？ みんな、お見通しだ。暗くなったら、誰にも見つからないと思って忍びこむことくらい。上司だって知ってるだろう。ただ、昼間に現われないかぎり、面倒を避けたくて黙っているだけだ」

ふたりは黙ったまま並んで歩き、グレーンスは三度目のエレベーターの前まで来た。

「きみがなぜこういう行動に出るのか、だんだんわかってきたよ、エーヴェルト。こうやってひとりで動きまわれる場所はめったにない」

ヴァーナルは長年、通信傍受を担当してきた。少なくともグレーンスの頭の中では、いまでもそのイメージ――ヘッドホンをつけ、コードやモニターに囲まれている姿――が強かった。だが、大規模な組織改革が行なわれた結果、ヴァーナルは通信傍受課から国家戦略局に異動となり、扱う対象も音から画像に変わっていた。いまではインターネットで犯罪者を追跡する刑事だ。

「だが、長い目で見たら、それが本当にいいことなのかどうかはわからない。ときには身体を大事にすることも大事だ。無理をして力を使い果たすべきじゃない。きみはいつもそうだ、エーヴェルト」

「無事に捜査を終了させるまでは、立ち止まるわけにはいかない。そもそも始めるのが遅すぎて、解決のチャンスをことごとく逃してしまった。だが……あきらめられないんだ。忘れようとしたが、無理だった」

「だからここに来たんだ」

ヴァーナルはふいに立ち止まった。グレーンスも足を止めた。給湯室とトイレのあいだで。

「どういうことだ？」

「数カ月前、わたしのオフィスに来ただろう、エーヴェルト。あのとき、われわれが特定のキーワードに出くわしたかどうか教えると約束するまで、きみは引き下がろうとしなかった」

「おまえだけじゃない。スウェーデン国内と、北欧じゅうの話のわかる刑事に話した。さらに、インターポールの百九十の加盟国の代表ほぼ全員にも。それから――」

「シマウマ模様のジャンパー。青い蝶」

「それが？」

「キーワードだ。きみがなんの説明もしてくれなかった」

「もうしばらくは黙っていることになるだろう」

「なぜだ？」

「俺がこの事件にかかわるのを快く思わない人物がいる」

ふたりは互いを見つめた。そこには、ずっと同じ仕事に就いてきた者だけに生じる、ある種の信頼感があった。

「それなら、もう訊かない。だが、これを渡しておこう」

ヴァーナルがコピー用紙に印刷した写真は、それほど鮮明でもなければ構図もはっきりしない。それでも、これまでエーヴェルト・グレーンスが見たなかで最も鮮烈なものだった。

とっさに思わず後ずさりしたのも、そのせいだった。

「それは……？」

「つい一時間前、とあるスウェーデンの支援団体から連絡があった……」

ヴァーナルはふたたび写真を差し出す。

「インターネット上での子どもの人身売買、つまり児童の性的搾取を防止するための団体だ」

見ないわけにはいかなかった。

「ウェブサイトの匿名通報窓口に、この写真が送られてきたそうだ」

グレーンスは死体の取り扱い方で学んだことを忠実に実行した。まずは死体の周囲にあるものに注意を向ける。これらは死者にとらわれない情報だ。外側からゆっくりとイメージを築き、少しずつ慣れていく。そうやって目にしたのは、明るく照らされた平凡な部屋、ぼろぼろの茶色い壁紙、ぽつんと置かれた簡素な鏡、斜めに引っかかって下ろされたブラインド。

そして徐々に視線を、意識を写真の中心へと近づける。

だが、今度ばかりは無意味だった。

このような写真を前にしては。

カメラマンに向かってほほ笑んでいる少女は、九歳か十歳くらいだ。顔に見覚えはない。衣服はまったく身につけておらず、首には犬用のリードが巻きつけられている。その斜め後ろに、リードの反対側の端を持って立っている男は顔が見えなかった。胸元で写真が切れているからだ。だが、もう一方の手に走り書きの紙を持っていた——《全九枚シリーズ写真の一枚目》

そのあとにどんな光景が続くのか、考えたくもない。

「わざわざここまで来て、なぜ俺の目の前にこんなおぞましいものを突きつけるんだ？　なぜ俺が——」

「あのキーワードだ」

グレーンスは顔をそむけていた。ヴァーナルは仕方なく彼の背後に回り、腕を巻きつけるようにして写真の中央を指さした。

「見ろ」

少女の髪。

「ピン留め。前髪を横に留めている」

少しして、グレーンスは観念した。わずかに曲がった同僚の指の先に視線を向ける。そして見た。

「青い蝶だ、エーヴェルト。例のキーワードのひとつ」

青い、青い蝶。

たしかに、そこにある。

これだけの時間をかけて、さんざん待ったのちに、見つけた。

リニーヤがスーパーから連れ去られた日に髪につけていたものとそっくりの青い蝶。母親の手作りで、四歳の誕生日にもらった、世界にひとつしかない蝶。捜査に使われた写真が撮られてから三年、これほど若い者の人生では、たしかに永遠にも思える時間だが、この写真の少女はリニーヤではない——グレーンスには断言できた。

「これは預けておく。記録はしない。きみは自分のやるべきことをやっているんだろう、エーヴェルト。捜査に全力を尽くして」

エーヴェルト・グレーンスは、ややためらいながら写真を受け取った。

「本当にいいのか？」

「クロノベリ公園の美しい眺めを望むオフィスで、パソコンの前に座って検索していると、その手の写真は書き留めきれないほど見つかる。書き留めきれないほどだ、エーヴェルト。そうした写真を所有していたり、さまざまな媒体で共有するスウェーデン人は、一週間で優に百人は超える。すべてに対処するのは無理だ」

その痩せぎすの男は——若いころからずっと骨と皮ばかりだったが——グレーンスとはまったく違って警察官としてはやさしすぎ、想像しうるかぎり最も卑劣な犯罪を扱う日々を送るには善人すぎるようだ。そして、心底疲れきっている様子だった。

「しかも、エーヴェルト、それはわたしが検索した場合だ。わかるか、わたしひとりでだ。外部からの通報を加えたら——とんでもない数になる。数年前は一万件。去年は倍に増えて二万件。そのうち捜査が行なわれるのは二パーセント止まりだ——五十件の通報につき一件。つい二日前に解決した事件は、といっても、レイプや拷問などの性的虐待の画像については現在も協議中だが、二年間も放置されて、その間も虐待は続いていた。犯人の名前も、居住地も、電話番号もわかっていたのに、容疑者が子どもにかかわる仕事をしていなかったり、自身にも子どもがいる場合には、われわれの指針では、第二優先グループに分類されてしまうんだ。近ごろのわたしの仕事は、エーヴェルト、もっぱら優先順位をつけることだ。だから、きみが一件でも引き受けてくれれば、何かが起きるだけではない。きみなら、ほかの者よりもましな捜査をしてくれるだろう」

　ヴァーナルは、ためらいがちにグレーンスの肩に手を置いた。

「それに運がよければ、わたしの大好きな同僚は——不本意な休暇の最中に——こっそり出入りして、ひと晩じゅう廊下を歩きまわるのをやめるかもしれない」

廊下に出るドアは注意深く閉じられた。六〇年代の音楽が周囲の空間を満たし、コーデュロイのソファーは年齢を重ねた身体がじゅうぶん安らぎを得られるほどやわらかかった。時刻は午前四時になろうとしていた。

夜明けはそう遠くない。またひと晩が無事に終わろうとしている。数学は昔からとりたてて得意ではなかったが、この計算に関してはお手上げだった――この世に存在する残り時間が短くなるほど、夜が長くなるのはどういうわけなのか。

身の毛がよだつような写真が印刷された紙は、飾り気のないコーヒーテーブルに伏せて置いてある。

家から一歩も出る必要もなく、最も許し難い犯罪を犯す連中のあいだで売買される写真。何者かがそれを支援団体に送り、その団体が警察に通報した。何者かが何かを伝えようとしたのだ。

被害者か？　犯人か？　目撃者か？

恐れをなして逃げようとしているのか？　得意になって承認を求めているのか？　虐待されて復讐を目論んでいるのか？

まだ手がかりはない。

だが、匿名の行為が単なる密告ではないと理解するのに、数学は必要なかった。この写真の背後には、もっと重大な事実が隠されている。

エーヴェルト・グレーンスはテーブルに手を伸ばし、紙をめくった。

今度は写真の中心に視線を向けようとはしなかった。青い蝶を髪につけた見知らぬ少女と目を合わせるのではなく、犯人に集中した。顔のない犯人に。

紙を顔に近づけ、老眼鏡をかけ直す。

四十歳前後の男。顔が写っていなくても、それだけはわかった。体形、姿勢、腕の筋肉から判断できる。肌の色は白く、体毛は濃くも薄くもない。シャツは青。左手の小指に細い指輪、手首には赤い文字盤にシルバーのメタルバンドの腕時計。右手に持った犬用のリードが冷たい光を反射している。

何者かが、ほかでもないこの写真を送ってきた。ここにもっと大きな意味が込められているから。

「ヴァーナル？　起きてるか？」

痩せこけた警部補が、まだスウェーデン警察の活動の中核となる複合ビルにいることを期待して、グレーンスはグンナル・ヴァーナルに電話をかけた。

「今週は夜勤だ」

「おまえからもらった写真だが」

「なんだ？」

「画像で送ってもらえないか？」

「そうすると登録が必要になる。当面のあいだは避けたいだろう？」

もちろんそうだ。だからヴァーナルは直接訪ねてきたのだ。

紙のほうが痕跡が残らない。

「なら拡大できるか？」

「ああ。しかし元の画質がよくないんだ」

「いまからそっちに行く」

「それは感心できないな、エーヴェルト。不審に思われたら困る。そのコーデュロイのソファーで音楽でも聴いているといい。それで二十分したら、郵便受けに行ってくれ。いいか？」

二十分後、グレーンスは暗い廊下を通って、一度も中身を出したことのない郵便受けまで行った。未開封の手紙や読んでいない新聞の山の上に、宛名も差出人も書かれていないA4サイズのマニラ封筒があった。彼はオフィスに戻ってドアを閉めると、人さし指で封を破った。

同じサイズの紙が十二枚。

ヴァーナルは長方形の写真を十二分割し、それぞれを十二倍に拡大していた。

グレーンスは膝をつくと、それらを床の上でつなぎ合わせた。

その巨大な写真に顔を近づけ、隅々まで目を凝らし、誰かが見てほしいと思ったことを見つけなければならない。

少しずつ、頭のない男の身体から視線を動かす。裸の少女へ。質素な部屋へ。だが、倍率を上げると鮮明さも失われ、物体どうしの境目を判別するのが難しくなることもある。

上から下へ。左から右へ。

膝が痛み、腰が悲鳴をあげるのも構わずに、紙の上を何往復も這って動いたが、探しているものは見つからなかった。

何ひとつ。——

彼はあきらめて立ち上がった。

その瞬間、すべてが変わった。

あれは――。

最後の一瞥が投げられたのは、少女と男の背後にある小さな丸い鏡だった。唯一、壁にかかっているものだ。そこを見るべきだった。その中を。鏡に見える細かい灰色の点は、てっきりただの埃か画像ノイズだと思っていた。

エーヴェルト・グレーンスは居ても立ってもいられなかった。胸に例の感情がこみ上げる。本棚の一角に、ハンドルやらなんやらを備えた機能的な古いルーペがあった。彼はその紙を拾い上げ、デスクの上を空けて電気スタンドを下に向けた。

ひょっとしたら、そうかもしれない。

この鏡に映ったわずかに明るいものは、男の背中の文字かもしれない。濃い色のシャツの上部に何かが描かれている。

ルーペを上げたり下げたり、近づけたり遠ざけたりする。だが、どうやってもはっきりとは見えない――写真を拡大したせいで細部が判別しづらくなってしまった。

グレーンスは急いで廊下に出ると、閉まったドアを三つ通り過ぎて四つ目を開けた。スヴェン・スンドクヴィストのオフィスに入ってデスクへ向かう。引き出しに、タイプライターの時代には欠かせなかった小道具の小さなボトルが入っている。いまでは確実に誰も必要としないもの。ほとんど減っていない〈ティップ・エックス〉の白い修正液。

奇妙だった。

ふたたび座り、たまたま犯人の背中が鏡に映っている写真を調べはじめたが、もはや膝も腰も痛まなかった。自分には他人に暴力を振るう権利がある、その相手の命は自分よりも価値がないと思いこむ人物に近づいているときは、いつもそうだった。捜査で手がかりが得られると、アドレナリンが全身を駆けめぐって高揚する。身体の奥底から、ほかにはない陶酔感が湧き上がるのだ。

いまがまさにそうだった。

ただでさえ解像度が低いうえ、拡大したことでいっそう画質が悪くなったので、コントラストを利用することにした。

やってみるだけの価値はある。実際、これまでの捜査でも何度かうまくいった。コントラストが不足している場合、灰色の部分に白い修正液を重ねると効果があるかもしれない──鏡についた埃や画像ノイズだと思っていたものは、文字である可能性もある。とにかくもっと鮮明にするのだ。

エーヴェルト・グレーンスは手先が器用なわけではなく、灰色の部分のひとつひとつにブラシで修正液を重ねる手つきはぎこちなかった。ようやくすべてが終わると、一歩下がり、明るくなった点の集合を文字をかたどるパターンに当てはめようとした。

だが、だめだった。

文字にならない。

グレーンスはふたたび作業を続け、今度はもっと広範囲に、先ほどよりも安定した手つきで修正液をのせはじめた。

そして、もう一度後ろに下がってみる。

うまくいった。たぶん。

文字、スペース、文字。

エーヴェルト・グレーンスは教わったとおりに深く腹式呼吸をした。

最初の一文字に確信が持てるまで。

И

そして、ひとかたまりになっている、より明るい点に集中した。すると、次の文字が浮かび上がった。

O

ところが、三番目の文字は現われない。

どうやっても形にならない。

どれだけ修正液を垂らしても、穴があくほど見つめても、点は互いに離れたままだった。


……


四番目のほうが、うまくいった。

五番目。

そして七番目。

D—…K

ひょっとしたら……。

欠けたふた文字を推測して挿入すれば。

新たな少女のもとへ飛んでいった青い蝶への最初の手がかり。

N-O-R-D-I-S-K

次の単語も同じようにゆっくりとあぶり出し——修正液を塗り重ね、後ろに下がっては、ふたたび塗り——しばらくすると最初の六文字のうち、どうにか四文字を判読した。そこですべてが寸断された。とつぜん。鏡のフレームによって。

残り——最後——は写っていない。

M-Ø-B-:::-:::-F

　エーヴェルト・グレーンスはパソコンを立ち上げると、検索ボックスを開いて、判明した文字列を入力した――〝Nordisk Møb〟

　マグカップの底に残った冷めたコーヒーを飲む暇もなかった。

　検索の妨げとなるリスティング広告をスクロールしていくと、妥当な結果は一件のみ。

検索文字列に十四文字を加えた二語からなる言葉。〝Nordisk Møbelfremstilling〟。リンクをクリックすると、デンマーク語の文章と、男のシャツのものと同じロゴが表示されたウェブサイトが現われた。ホエベウという聞いたこともない小さな町にある家具製造会社だ。すばやく地図を見ると、デンマークの南東部に位置するファルスター島、ニュークビン・ファルスターの数マイル南にある町だった。

グレーンスは立ち上がった。これ以上、虐待は見たくなかったし、見る必要もない。現時点では、関連を示すのは一枚の紙だけだ。そしてそこには、鏡に映った文字が含まれる。だが、疑念を抱いているのも、その写真の同じ部分に対してだった。

本当にそうなのか？　それとも、何者かが攪乱させようとしているだけなのか？　自身の倒錯の証をオンラインで愛好家に販売するような狡知に長けた小児性愛者《ペドファイル》が――同様の写真がさらに八枚続くと予告するメッセージは、ほかに解釈のしようがない――会社のロゴの入ったシャツで写真に写るような不注意な行動をとるだろうか？　二〇〇〇年代に入って二十年にもなるというのに、ストックホルムの警部が、十九世紀の同業者が使っていたルーペや、すでに二十世紀の終わりには時代遅れの道具だった修正液を用いて、デジタル技術の悪の権化の正体を暴くことができるのか？　それとも、たかだかひとつのピン留めにこだわって、何もかも自分の都合のいいように解釈しているだけなのか？

エーヴェルト・グレーンスはしゃがみこむと、紙をかき集めて裏返しにした。二度と目にしたくなかった。引きずりこまれたくなかった。

にもかかわらず、新たな疑問が次々と浮かぶのを止めようとはしなかった。そして、やがて最後のひとつにたどり着く。本当に答えを知りたいのかどうか、自分でもわからない疑問だ。密告者には目的があったのか？　この写真が自分の手もとにあるのは、もっと大きな秘密が隠されているからなのか？　だとしたら、この見知らぬ少女は、同じく青い蝶を髪につけ、自分が数カ月前に見せかけの埋葬に参列したばかりのもうひとりの少女と関係があるのだろうか？

土曜の朝。五時半。眠ることを許されたほとんどの人が、眠ることを選ぶ時刻。けれどもエーヴェルト・グレーンスの世界では、そんなことは通用しない。グレーンスが話したいと思った以上、同僚たちは真夜中に電話でたたき起こされても文句を言ってはならないのだ。たいていの場合、それは相手にとって最も話したくない時間帯であると同時に、グレーンスが方向を見失っていることを自覚したときでもあった。

だから、もう一度電話をかけた。わずか数分のうちに五回目だ。あいかわらず彼女は出ない。この一年間、まったく出なかったように。だが、今夜はあきらめるつもりはなかった。どういうわけか、彼女もそのことを知っていたようだ。もう一度、そしてもう一度、さらにもう一度かけると、ついに彼女は電話を取ったからだ。

「エーヴェルト？　いったい――」

「おはよう、ヘルマンソン」

「――わたしの言葉の何がわからないんですか？　わたしは、あなたと、二度と、話したくない」

「わかってる。だが、それはいい考えではないとずっと思っていた」

「もう切ります。わたしに電話番号を変えさせないでください」

「切るな。話があるのはおまえじゃない」

彼女は黙りこんだ。ささやき声で話していたわけではなかったものの、背後で深い呼吸が聞こえる。誰かが隣でぐっすり眠っているのだ――上司のエリック・ウィルソン。

「だったら、誰と話したいんですか？　エリック？　毎日、職場で顔を合わせているでしょう」

「できれば、この件について彼には黙っておきたい」

彼女はまたしても黙りこんだ。そのためらう気持ちは理解できた。この一年間、また昔のように話をしようと、折に触れて電話をかけていた。自分のせいで彼女が転属することとなった結果、壊れてしまった友情を修復するために。そして、やっとのことで電話に出た彼女に対して、本当はほかの人物と話したいと告げたのだ。訝しむのも無理はない。

「わかりません。どういうことですか？　誰と話がしたいんですか？　真夜中にここに電話をかけてきて、わたしともエリックとも話したくないだなんて」

「おまえと話したいのはわかってるだろう。ほかの誰よりも。だがいまは、マリアナ、今朝だけは、おまえが去年仕事を頼んだ、あの若者に連絡を取ってもらいたい。不可能なことを成し遂げた男に――閉ざされたデジタルの世界をこじ開けて中をのぞいた」

「ビリーですか？」

「たぶん。二十代後半で、がりがりで、顔色が悪い。少しにきびがあって。生意気な」

「ビリーです」

彼女は三たび黙りこんだ。最初は苛立ち、そしてためらいだったものが、警戒となる。

彼女は声を低めた。

「何をしてるんですか、エーヴェルト？」

「捜査だ」

「なのに市警で働いていない人間の協力が必要だと？　そして、その件についてはあなたの上司に話さないでほしいと？」

「その……完全に正式な捜査じゃないんだ。まだ」

そしてほんの一瞬、グレーンスはかつての親密さを感じた。

彼女は好意的だった。

ときに決まった手順を避ける彼のやり方に。

「わかりました。居場所は知っています。連絡方法も。彼に連絡してから、住所を送ります——なるべく警察本部では会いたくないんですよね？」

そして、その瞬間は終わった。親密さは消え去った。

「それから、エーヴェルト？」

「なんだ？」

「いつまでもこのままじゃだめだって、わかってますよね？　夜のこんな時間に電話をかけるのは、身体によくないです。過労死まっしぐらです。そういう人は逃げてるんです——何から逃げてるのかは、お互いにわかってるでしょう」

ふたたび鋭く冷ややかな口調になる。

「あなたがいま何をしてるにせよ、心の底から幸運を祈ってます。だけど、二度と電話はかけてこないでください。ちなみに——たったいま決めました。今日、電話番号を変えます。じゃあ、お元気で」

彼女は電話を切った。

例のごとく、電子的な静寂にはとりわけ嫌な気分にさせられる。

オフィスで待つことには耐えられなかった。空間に呑みこまれそうだった——自分で選んだわけではなく、それゆえ強引で煩わしく感じられる孤独に。グレーンスは朝早くから開いているハントヴァルカー通りのカフェまで歩いていった。そしてシナモンロール三つと、濃いブラックコーヒー二杯を胃に入れたとき、住所と部屋番号が書かれたメッセージを受け取った。マリアナのいつもの電話番号からだ。いまのところ。

地下鉄に乗ることはあまりなかったが、非公式の捜査には、警察に登録されていない非公式の移動手段が必要だった。スカンストゥル駅で降りると、こんなふうにセーデルマルムを訪れるのは貴重な機会だと気づいた。ストックホルムの街を歩くのは、すこぶる心地よかった。イエート通りを渡り、カタリーナ・バン通りをニィトリエット広場へ向かう途中、活気にあふれた街の空気に包まれ、ほんのいっとき心が安らぎで満たされるのを感じた。この地区は、地元の住民が思っているほどおしゃれではなく、それほど個性的でもないかもしれないが、これまで彼が人生の大半を過ごしてきた街の中心部にはない魂や熱気があった。

五階まで行くには、階段を上るか、自分よりも年季の入ったエレベーターに乗るかのどちらかしかない。エレベーターはひどく狭く、金属の扉が閉まると息が詰まりそうだった。そこで階段を選び、一階ずつ上っていったが、目的の部屋のドアをノックするころには真逆の問題が生じていた——息が切れ、ほとんど過呼吸状態だった。

「おはようございます」

ダメージジーンズに洗いざらしのスウェットシャツ。そして驚くほど警戒している。

「おはよう、ビリー。起きてたのか？」

「まだ寝てないんです、警部。ちょっとコンピューターがトラブって」

「〝警部〟は不要だ。ここにはあくまで私的な立場で来た。わかってると思うが。入ってもいいか？」

狭いアパートメント。だが、思い描いていたのとは違った。コカ・コーラやエナジードリンクの空き缶の山もなければ、ピザの箱やインド料理のテイクアウト容器もない。きれいに片づいて、清潔な匂いが漂い、家具は高級そうだ。とはいっても、生活が仮想世界を軸に回っているのは明らかだった。部屋の中心とおぼしきリビングの窓ぎわのテーブルには、最新のコンピューター機器がぎっしり置かれている。

「だったら、なんとお呼びすれば？」

「エーヴェルトでいい」

「おかしくないですか？」

「俺は物心ついたときからそう呼ばれてきた。自分でも風変りだと思ってきたし、選べるなら別の名前にしてただろう。だが、いまさらどうすることもできない」

「おかしいと言ったのは、ファーストネームで呼び合うことです——あなたはそういうタイプには見えないので」

ふたりは腰を下ろした。若きITの天才はモニターの前に、年配の警部は彼の右のスツールに。

「初めに警告しておく」

グレーンスは無意識に声を低めた。

「これから目にする写真は、人類が生み出すことのできる最も醜悪なものだ」

警部は目の前のテーブルに紙を置いた。そして若者が、自分が最初にそれを目にしたときと同じ反応を示したことに気づいた——それが現実でないことを願うかのように、身体を引いたのだ。

「こっちの裏側に、この写真をくれた人物が文字と数字をメモしているが、俺にはさっぱりわからない。なんのことだか見当がつくか?」

グレーンスは紙を裏返し、性的暴行の写真の代わりにヴァーナルの几帳面な字を見せた。

するとビリーは、打って変わってリラックスして身を乗り出した。

「インデックスされていないインターネットのアドレスです」

「というと?」

「ダークネットですよ、警部。すみません——そう呼ばせてください。でないと不自然な気がして」

「ダーク……ネットだと？　聞いたこともないな」

「冗談でしょう？」

「本当だ」

「だけど警部ともあろう人が……昔からありますよ」

「それが問題だ。この俺も昔からいる」

ビリーはにっこりした。人懐っこく。

「通常のウェブの下に潜む、暗号化されたネットワークです。標準の検索エンジンの外にあるインターネット。未使用のＩＰアドレスが割り当てられたウェブサイト。したがって、少しばかり検索しても、まず出くわすことはありません。万が一、出くわしたとしても、専用のブラウザがなければ閲覧すらできません」

「だから俺はここに来たんだ」

「だからあなたはここに来た」

エーヴェルト・グレーンスがパソコンの前に座るときには、これでもかというほどキーを強く叩く。重くて反応が鈍いタイプライターで訓練した世代の特徴だ。ところがビリーは、まったくそんなことはない。その指はキーボードの上を自由に踊っている。互いに意気投合したかのように。

「ダークネットにアクセスするには特別なソフトウェアが必要です。秘匿サービス。いくつか選択肢があります。わかりますか、警部？」

グレーンスは画面をのぞきこんだ。正確には複数の画面を——合計で四つある。一見、でたらめな落書きのようなヴァーナルの文字と数字を入力すると、ほどなく画面は同様のおぞましい写真で埋め尽くされた。グレーンスは初めてその画像の元の形を目にした。

「警部、お訊きしたいことがあります」

「なんだ？」

「僕たちはなぜここに座ってるんですか？　警察本部ではなくて」

「この捜査で結果を出すには、こうするしかないからだ」

「いま僕がダウンロードしているものを誰かに知られたらどうなるか、わかってますよね。いまアクセスしているアドレスが明るみに出たら、大問題になるんですよ」

「どちらかが刑務所行きになるとしたら、間違いなく俺だ」

「一筆書いてもらえますか？　あなたが責任を取ると」

「やりたくないなら、やめてもいい。無理強いはしないし、何も訊かない。俺はいますぐ帰る。おまえを恨んだりはしない。やめるか、その顔のない男に近づくために俺に手を貸すか、決めてくれ」

ふたりとも、裸の少女の首に巻きつけられたリードを片手で握った男を見つめた。もう一方の手には、その写真が九枚シリーズの一枚目であることを告げる手書きのメッセージを持っている。

「少なくとも、あと八枚あるってことですか？」

「そう理解している」

「それを他人に売ってると？」

「俺もそう理解した」

「小児性愛《ペドフィリア》サークル、ですか？」

「それを突き止めようとしている」

やがてふたりは、これ以上、裸の少女を見ることに耐えられなくなった。グレーンスは席を立って、窓からセーデルマルムの街並みのさまざまな屋根を眺め、その間にビリーはミニマリスト並みの簡易キッチンへ行き、コーヒーメーカーのスイッチを入れた。

「一杯いかがですか、警部？」

「このまま続けるのなら」

「続けましょう」

若い声がふいに年を取ったように聞こえた。

「あなたにそのクズ野郎を捕まえてほしいからです」

キーボードとモニターのあいだに、コーヒーがそれぞれ半リットルも入った大きな磁器のマグカップをふたつ置くと、ビリーは裏側に向けた紙を手に取った。

「警部の言葉を借りると、この落書きは写真の固有のファイル名です。ほぼ全員が、といっても、僕みたいなコンピューターおたくは別ですけど、新たなオブジェクトを追加する際には最もシンプルな方法で分類します。試しに、このファイル名の番号を変えてみます。こうやって、そうすると……」

彼は〝1〟を〝2〟に書き換えた。

「……きっと次の画像に変わって……」

黙りこむ。

一瞬、ふたりとも言葉を失った。

上段右側の画面に、次の写真が表示された。

「わかりますか、警部。いま僕が指してるところです。前の写真は七月十四日にアップされました。そしてこれは翌日の十五日。この男は物語を連載していたんです。つまり、どんどん番号を変えていくと……」

写真が一度に一枚ずつ画面に表示される。

最初から最後まで、九段階にわたって十歳の少女を虐待する成人男性。

「今回掲載されているのは、これで全部です、警部」

「保存できるか？」

「すでにしました」

大きなマグカップは空っぽになっていた。

エーヴェルト・グレーンスはUSBメモリを受け取り、上着の内ポケットに入れた。

「ご存じのように、僕が子どものころは、ビデオテープを一本ずつコピーしてから、郵便局へ行って、封筒に入れてテープで留めて、住所と名前を書いて、切手を貼ってから投函しなければならなくて、相手のクズ野郎のもとに届くまでに二、三日かかった……つまり、僕はまだ二十八にもなっていない。そんなに昔のことじゃないんです。ところがいまは？そのメモリースティックで、〝わたしの名前はエーヴェルト・グレーンス〟と言うよりも早く写真をアップロードして、世界じゅうのファイル共有サイトやクラウドサービスに送ることができる。僕にとって、インターネットはなくてはならないものです――だけど発明者は、自分たちが何を解き放っていたのか考えもしなかった」

若者は手を差し出した。

「貸しがひとつできましたね、警部。いつか返してもらいましょう」

客が玄関のドアへと向かうあいだも、ビリーはモニターの前に座ったままだった。

「世の中に、こういったゲスどもがあとどれくらいいるか、想像できますか？　ダークネットにこの手の連中がどれだけ潜んでいるか」

グレーンスは首を振った。

「いや」

「たいていの人はできないでしょう。でも、かえって好都合かもしれません。そのほうが楽に生きられますから」

エーヴェルト・グレーンスは五階分の階段を下り、ふたたびカタリーナ・バン通りの美しい並木道に出ると、しばらくたたずんだまま呼吸をした。

吸って、吐いて。吸って、吐いて。

たったいま訪れた仮想現実とは異なる現実。

そして、この世界で守るべきルールはわかっていた。

これが重大な問題だとわかっていた。いますぐ上司のもとへ行き、USBメモリと、写真に写った男のシャツの分析結果を提出すべきだとわかっていた。シャツにはおそらく

〈Nordisk Møbelfremstilling〉とプリントされ、それがニュークビン・ファルスターの数キロメートル南に位置するホエベウという町の会社名だと報告すべきだった。

だが、彼はそうしなかった。

その代わりにイエート通りまで行くと、手を上げてタクシーを止め、大至急アーランダ空港へ向かうよう運転手に告げた。

上司のみならず、自分たちの娘の死を宣言した両親にも、この事件から手を引かされた。だが、もう二度とあきらめるつもりはない。それに関しては、彼と双子の少年の思いは同じだった――赤い水玉模様のスカーフを巻いたテディベアが、空の棺の横にぽつんと置き去りにされたままではいけない。

エーヴェルト・グレーンスが〈イーストサイド・グリル〉の窓ぎわの席に座ったときには雨が降っていた。ときおり外を通りかかる人は濡れて寒そうだった。八十九デンマーク・クローネのチキンバーガーは、まったくにおいがせず、向かい側の商業ビルをよく見ると、どこも空室で〝テナント募集〟の貼り紙があった。ホエベウ唯一の大通りにあるホエベウ唯一のレストランは商売をあきらめていた。それは、この小さな町のあらゆるものについても言えた。

アーランダ空港からストックホルムを発つまでに一時間と少し、コペンハーゲンのカストルプ空港まで一時間のフライト、そこから列車に揺られてニュークビン・ファルスターまで一時間半で着いた。グレーンスはスウェーデンと大陸を隔てるこの隣国が好きだった。デンマーク語はほぼ理解していたので、いつもは楽しむために訪れていた——だが今回は違う。このような目的では楽しむことなど不可能だ。この旅は、四歳の少女ふたりの墓から始まったのだ。

携帯電話の地図によれば、〈ノーディスク・ムーベルフレムスティリング〉社まではここから一キロメートルもない。幸い、料理よりも好感の持てる店主から忘れ物の傘を借りることができた。通りを歩くうちに、投げやりな空気は荒廃へと変わる。途中、年老いた犬を連れた年老いた女性と、土砂降りのなか、前かがみで自転車に乗る若者とすれ違ったが、それ以外は誰もいなかった。にぎやかでせわしない大都市で人生を過ごしてきたグレーンスは、自分がこうした環境に向いていないことに気づいた――生命力を肌で感じられなければ、町は死んでいるも同然だ。

大通りの最後の曲り道を過ぎると、遠くのほうに、いまやすっかり見慣れたロゴが掲げられた白い煉瓦造りの建物が見えてきた。小さな工場と事務所がひと続きになっており、グレーンスは後者へと向かった。受付の若い女性が笑顔で彼を迎え、用件を尋ねた。

「まず、この衣料品がここのものかどうか確認してもらいたいんだが」

エーヴェルト・グレーンスは、少女の姿と、男が手にしている宣伝文句を切り取ったあとの白い紙を差し出した。

「失礼ですが――おっしゃる意味がわかりません」

「シャツだ。〝Nordisk Møbelf〟と描かれた。それがここのものかどうかを知りたい」

とっさに渡されたものを受け取った受付の女性は、紙に目をやってからグレーンスを見つめた。

「えっと……どちらさまですか？　どういうことですか？」

グレーンスは上着のどこかに入れた警察バッジのケースを探し出すと、木のカウンターに置いた。

「エーヴェルト・グレーンス、ストックホルム市警の警部だ」

彼女は黒い革のケースを開くと、中の写真と目の前に立っている男の顔を見比べ、金の王冠の紋章を指でなぞった。

「警部さん？」

「そうだ」

「スウェーデンの？」

「いかにも」

「我が社の制服について知りたいんですか？」

「それがこの会社の制服かどうかを知りたいんだ」

彼女はグレーンスを見てから、バッジ、そして紙に目をやり、ふたたびグレーンスに視線を戻した。

「シャツは二種類あります。夏用と、冬用の長袖と。これは――ええ、うちの冬用のシャツです」

思わず安堵の息を漏らしてから、グレーンスは気づかれていないことを願った。思ったとおりだ。ここまで来た甲斐があった。

ようやく出発点に立つことができた。

「従業員の数は？」

「お答えしてもいいのかどうか、わかりません。たとえあなたがデンマーク警察だったとしても」

グレーンスは相手の言わんとすることを理解した。しらばくれるような真似はするべきではない。だが、現時点では地元の同僚を巻きこみたくはなかった。

「そういうことなら、誰に話を聞けばいい？」

彼女はガラス張りの会議室を振り返った。書類やバインダーの山を前にして、四人の社員がかなり険悪な雰囲気で議論している。

「手が離せないようだな。週末なのに」

「処理しきれないほどの注文が入っているんです」

「だったら、あんたに協力してもらうのが誰にとっても好都合だろう。何人だ？」

もう一度振り返るが、何も変わっていなかった——声をかけて歓迎されるとは思えない。

「二十二名です」

「男性は？」

「一、二……五……八……十四人」

「二十五から四十までは？」

「えっ？」

「男性のうち、二十五歳以上、四十歳以下の従業員は何人だ？」

「さあ。まだそんなに長く働いていないので」

「従業員名簿があるだろう。それを見るわけにはいかないか？」

若い女性は三たび、上司のほうを振り返った——いまや会議は紛糾しているようだった。

背後で飛び交う怒号。目の前には強引な警察官。

彼女はそのどちらにも満足していない様子だ。

「お待ちください」

彼女のタイピングは、数時間前のストックホルムでのビリーと同じくらい軽やかだった。

この世代特有の身体機能の拡張。

「四人です。二十六、二十九、三十、三十八」

グレーンスはデスクに身を乗り出し、上から画面をのぞきこんだ。

「ちょっと、何してるんですか？」

「写真があるだろう」

「やめてください！」

「見せてほしい」

彼女はもはや確認を求めて振り返らなかった。ため息もつかなかった。黙ってパソコンのモニターをグレーンスに近づけて、画面を指さす。

「この人と、この人と、この人と……この人。この四人が二十五歳から四十歳です。これでいいですか？」

警部は笑みを浮かべてうなずくと、ひとりずつ間近で確認した。

だが、すぐに笑みは消えた。四人とも違う。

痩せすぎ、太りすぎ、なで肩、腕が短すぎる。

「これで……全員か？」

「そう言ったはずです。もういいですか？」

グレーンスはデスクに肘をついた。

確信があった。

「いや」

「えっ?」

「まだ終わってない。次は元従業員だ。そうだな……過去五年間、ここで働いていた人物。シャツの寿命はそれくらいだ」

肩越しに画面を見せながら、彼女は退職者のリストをスクロールする。離職率の高い会社では、その数は膨大だった。十四のファイルに目を通し、ひとりずつ個人情報を確認して、写真を見ていくうちに、グレーンスははっとした。

あ、い、つ、だ。あの上半身だ。

「止めてくれ」

一部を切り取った紙をパソコンの横に掲げて見る——画面の男の写真は、着ているシャツも同じだった。

肩、胴——一致。

肌、腕——一致。

立ち方——一致。

「この男は?」

指輪も。左手の小指。

「何か？」

「こいつは誰だ？」

「わたしが入社する前の人なので」

「ファイルを見られるか？」

彼女がほんの数回キーを叩いただけで元従業員のファイルを開くと、男の写真が大きくなった。あたかも互いにじっと見つめ合っているような錯覚に陥る。

黒っぽい髪。

青白い顔。

やや太っているが筋肉質。

あばた面、無精ひげ、撮影者の前で無意識に引き結んではいるが分厚い唇。

「カール・ハンセン」

受付係は次の人事ファイルのウィンドウを開いた。

「セールスマン、在職期間は……どういうことかしら。八カ月？　一年前に退職」

ふたりはまたしても視線を合わせた──エーヴェルト・グレーンスと、いままで紙の上で裸の少女の隣に立っていた顔のない男。

「住所は？」

「在職中は……レアダルとなっています。ここから二十キロほど離れたところです」

「通常の検索エンジンでも調べてほしい――いまでもそこに住んでるのか？」

彼女は〝なんでわたしがそんなことを〟と言いたげな顔でグレーンスを見たが、すぐに検索ウィンドウを開いた。このスウェーデンの警察官を追い払うには、彼の求めている情報を渡すことが最も手っ取り早いと気づいたようだ。

「ええ、住んでいます」

「この紙の裏に住所をメモしてくれないか？」

グレーンスは、カール・ハンセンという名だと思われる男の一部が写った写真を裏返して、キーボードの横に置いた。

彼女は書いた。鉛筆のこすれる音が大きく響く。

「同居人も知りたいですか？」

「わかるのか？」

「通常は」

彼女は画面を指し、該当部分に線を引くように指先を動かした。

「同じ住所に、同じ姓の人がほかにふたり住んでいます。ドーデという名の三十四歳の女性と、子ども……九歳の女の子です。名前はカトリーナ」

「わかった。助かったよ」

ようやく終わったと思って、彼女はほっとした表情を見せた。だが、グレーンスは続ける。

「いま話したこと、この件については言い触らすべきではないとわかってるな？　この建物の外ではもちろん、同僚にも」

彼女はガラスの檻での会議に背を向けたまま、愛想がいいとは言えない顔でグレーンスを見つめた。

「何か訊かれたら、いま起きたことをそのまま話します――かならず。感じの悪いスウェーデン人の年配の男性がいきなり来て、会社とはなんの関係もないことを詮索しようとした。だから、デンマーク警察に通報する前に帰るように言ったと」

ふたたび土砂降りのなかに出たとき、エーヴェルト・グレーンスは傘をさすのを忘れた。墓地のベンチで過ごしているときのように。けれども今度は仰向けになることも、雨粒が顔を流れ落ちるに任せることもしなかった。そうすれば心地よさを感じるとわかっていても。時間がなかった。理由はわからなかったが、水たまりを避けて大通りを一歩ずつ進むごとに切迫感に追い立てられた。あの忌まわしい写真が匿名で送られてきたのは、単なる偶然ではない。優秀な捜査官ならこの場所を突き止めることを知っている人物がいる。
鍵となるのは時間だ。
グレーンスが走り出したのは、おそらくそれが理由だった。

レアダルの町は、先ほどまでいたホエベウとたいして変わらない大きさだった。島の中心地であるニュークビン・ファルスターから派遣された二名の警察官——退職間近の年配者と、警察学校を出たばかりの若者——との打ち合わせは、グレーンスの思惑どおりに終わった。ビリーが発見してUSBメモリに保存した九枚の写真に加え、グレーンスが家具工場で確認した男の身元情報があれば、家宅捜査令状を請求するにはじゅうぶんだった。

数時間後には、一家が五年前から生活をともにしていること、その間に何度か別の町へ転居していることが判明した——学校あるいは誰かが、カトリーナの体調が優れないことに触れたり、あれこれ尋ねたりするようになると、彼らは急いで荷物をまとめて引っ越していた。また、家族は人付き合いを避け、少女はいつも両親に学校まで送迎してもらっており、父親——隣人の話では継父——は新しい会社でセールスマンの仕事をしていて、横暴な人物だともっぱらの評判だということも明らかになった。現在、三人とも在宅だと確認が取れている。

彼らのアパートメントは、レアダル中心部の正面がみすぼらしい灰色をした古い二階建ての建物にあり、一階は小さなパン屋だった。都市計画局の図面によると、三部屋からなるアパートメントに入るには、大通りから中庭を通って階段を上るようだ。

ニュークビンの年配の警察官が先に上り、グレーンスがすぐ後に続いた。

若い同僚と示し合わせたとおり、きっかり五分待ってから、ふたりは顔を見合わせ、黙ってうなずいた。まさに最も暗い闇の扉をノックしようとしていた。

ドアは閉まったままだった。

呼び鈴が鳴らないので、いま一度、もっと強くノックする。

「開けろ、警察だ」

エーヴェルト・グレーンスは五まで数えた。十。十五。

だが、我慢の限界に達する寸前、簡素な木のドアをノックする以上のことをしようとした瞬間、カチャッと音がして鍵が開いた。

グレーンスは、目の前にいるのが支援団体に匿名で送られた写真の少女だとすぐに気づいた。服は着ていて、髪はポニーテールにまとめている。思っていたよりも小柄だ。だが、間違いなく彼女だった。

「誰？」

私服姿の年配の男がふたり。九歳の目から見れば無理もない問いだろう。

「警察だ。きみは——きみの名前はカトリーナかい？」

「言っちゃいけないことになってるの」

「きみのお父さんとお母さんに話があって来たんだ。家にいるんだろう？」

「パパは先にパソコンで何かやるって」

そのとき、アパートメントの奥で女性が金切り声をあげはじめた。かと思うと、男性の声と、電気スタンドがひっくり返る鋭い音が聞こえる。

「ママ、どうしたの——」

「ここにいるんだ」

ニュークビンの警察官が、慌てて両親の恐怖と怒りのほうへ駆け出そうとする少女を引き止めるあいだに、グレーンスは狭い廊下を急いだ。肘掛け椅子やソファーがごちゃごちゃ置かれたリビングでつまずいたときには、若い同僚のふた手に分かれようという提案を受け入れてよかったと心底思った。ふたりが玄関のドアをノックすると同時に、もうひとりが非常階段に回る手はずになっていた。若い警察官はバルコニーの窓を突き破って入ると、銃を構え、アパートメントの住人がパソコンを立ち上げてハードディスクの中身を消去するのを制止した。

にらんだとおりだった。

少女の継父と目が合った瞬間、グレーンスは少女を見たときと同じく確信を強めた。目の前にいる男は、裸の少女の横に立ち、同類の者に対して九枚続きの画像——完全なレイプ——を宣伝していた、あの写真の男だった。

今日まで耳にしたこともないデンマークの町にあるパン屋の上のキッチンテーブルに腰を下ろしたとき、エーヴェルト・グレーンスは徒労感に包まれていた――予想以上の収穫があったにもかかわらず。二十四時間も経たないうちに、最初に抱いた懸念が逮捕につながった。午前四時にヴァーナルに写真を手渡されてから、その写真の犯罪が行なわれた異国で鑑識官たちが仕事を終え、同じ日の午後十時にひとりになるまで。そしてグレーンスは、その感覚がどこから生じたのか、はっきりわかっていた。

青い蝶。

彼がここにいるのは、そのためだった。もうひとりの少女の足取りを追っていたのだ。いまや途絶えてしまった痕跡を。

あの家族が数時間前まで食事をしていたキッチンを見まわす。彼らの最後の晩餐。母親と継父は逮捕され、手錠をかけられて、事情聴取のためにコペンハーゲンへ移送されたので、二名の女性ソーシャルワーカーが九歳の少女を保護し、自治体の施設へと向かった。

グレーンスはアパートメントをゆっくりと歩きまわった。

スーツケースが置かれた廊下に出る。大型のものがふたつと、娘用の小型のもの。荷造りは済ませてある。列車の切符三枚と同じ封筒に、プリントアウトした電子メールが入っていたが、それによると、三人は個人的な撮影で翌朝、ブリュッセルへ発つ予定だった。依頼主の男には、ベルギー警察の情報では、児童への性的暴行および児童ポルノの大量販売で有罪判決を受けた前科があった。メールのやりとりによれば、相手は性交も要求し、家の外での撮影は初めてだったものの、継父は娘も準備ができていると請け合った。

あの写真を送ることで、何者かがこの旅行を阻止したのだ。

やはり鍵となったのは時間だった。

続いて両親の寝室へと向かう。洋服だんすの中に、例の会社のロゴが入ったシャツがさらに何枚か掛かっていた。戸棚にはカメラが取りつけられた三脚があり、アンティークの整理だんすからはディルド、ロープ、アダルトグッズが発見された。ベッドの下には、アメリカ西部や中部、スイス、ベルギー、ドイツ、イギリスの消印が押された空箱が押しこまれていた。年配のニュークビンの警察官がつぶやくように言ったのは、それらを引っ張り出すときだった——すべてがどうつながっているのか、どこへ向かうのかはわからないが、こいつは思ったよりはるかにデカいぞ。

両親の寝室を出ると、今度は娘の部屋に入った。いかにも九歳の少女らしい部屋だ。明るい黄色のデスクチェアに座って、名前も知らなければ歌もわからないポップスターたちのポスターで埋め尽くされた壁を見た。蓋のない木の箱に、おもちゃやパズルやゲームが詰めこまれている。本棚に並んだ人形がこちらを見つめていた。

少女はこの部屋で暮らしていた。これが彼女にとって正常と感じられることだった。性的虐待、他者の求めに応じて写真や動画に撮られることが正常であるように。グレーンスはこれまで、力の不均衡や暴力によって成り立つ関係を捜査するなかで、こうした状況に何度となく直面してきた。被害者が女性であれ男性であれ、息子であれ娘であれ、みな同じだ。操作。正常化。異常が正常になり、日常になる。

一台の車が外の狭い通りを走っていく。この三十分間で数えるほどしか通らなかった。レアダルの町は夜が早い。

グレーンスは座り心地がいいとは言えない子ども用の椅子から立ち上がると、三番目の部屋へ向かった。リビングは、若い同僚が非常階段から突入して守ったパソコンが置かれていた場所だった。

現在は地元の警察署に移され、鍵のかかった部屋で保管されている。

それを入手するためにグレーンスはここまで来たのだ。

コペンハーゲンから特別捜査官が到着するのを待って、解析する予定だった。

慎重に事を運ぶ必要がある。

安全が確保されるまで、パソコンに触ってはならない。うかつにログインして、裁判で採用されうる証拠を破壊することがないように。

誰も知らない世界に足を踏み入れるのは、ハードディスクのバックアップを作成し、データをコピーしてからだ。

逮捕に必要な証拠を集める時間は、ほとんどなかった。証拠が不十分なら母親と継父は釈放されるだろう。デンマークの首都から国家捜査局の警部とコンピューターの専門家が到着したときには、残り時間はさらに少なくなっていた。

そのため、その貴重な時間を費やして自身の存在の是非を問われることはないだろうと、エーヴェルト・グレーンスはたかをくくっていた。

「それで、あなたは？」

四十代とおぼしき女性がパソコンの前でバックアップの作成に取りかかり、グレーンスはすぐ後ろの椅子に座っていた。そして彼女が振り返って、射抜くような視線を投げてきたとき、周到に準備しなかったことを後悔した。

「エーヴェルト・グレーンス。ストックホルム市警察の警部だ」

「国境をまたいで協力する場合、あなたの任務の確認が必要です」

「そもそも、俺がこの情報を提供したんだ」

「確認書を。たとえば上司の」

「明日、渡す」

「でしたら、この部屋から出ていってもらわないと」

エーヴェルト・グレーンスは衝突を厭わなかった。むしろ他者との衝突は、みずから探し求め、欲し、生きがいとしていたことだ。だがタイミングが悪い。いまはとにかく目立ちたくなかった。

「話がしたい。ふたりだけで」

女性は彼を見つめる。迷っているようだ。やがて、広い取調室にいるコペンハーゲンの同僚とニュークビンの警察官二名をすばやく見やり、聞かれていないことを確かめた。

「わかりました。でも手短にお願いします」

すぐ隣の小さな給湯室に入ると、グレーンスはドアを閉めた。

「俺はこの件の担当じゃない。上司も、娘が行方不明になった家族も、俺に任せたくないんだ。しかも、もうひとりの少女の母親は——そもそも彼女がきっかけですべてが始まったんだが——もう俺とは口をききたくないと思っている。恥を忍んで打ち明けると、じつは仕事から外されて、休暇を取らされているところだ」

グレーンスは簡素なプラスチックの椅子を引いた。

「だが、警察官としての四十二年間の経験から、自分がいま正しい場所にいることはわかっている。もし俺の直感が間違っていて、ここで行き止まりだと判明したら、もうあんたの邪魔はしない。ヘルシンゲルへ行って、あそこでしか買えないとびきりのハムでも手に入れてから帰る。でも手がかりが見つかれば、全員を説得したうえで、必要な書類をすべてそろえると約束しよう。俺の話を聞いて、そのうえで数日間、俺が目立たないように行動することを認めるかどうか決めてほしい」

彼女は何も言わなかった。その代わりに短くうなずいた。十分後、グレーンスがいまではふたつに増えた小さな墓、中に誰も入っていない棺について説明すると、彼女はふたたびうなずいた。

「月曜の朝までなら」

「助かる」

「ちなみに、わたしはビエテです」

「エーヴェルトだ」

「では――ようこそ、エーヴェルトさん。このうえなく忌まわしい世界へ」

「ダークネット。通常のウェブの陰に潜む、暗号化されたネットワーク」

彼女は驚いてグレーンスを見た。

「知ってるんですか？」

「普段のウェブに隠れた暗号化ネットワーク。公式の検索エンジンでは到達不可能なインターネットの一部。未使用のＩＰアドレス領域。普通に検索してもヒットしない」

「この職種に携わる女性として、偏見については知り尽くしているつもりでしたが、今回に限っては、第一印象は当てにならなかったようですね。まさかあなたが、そこまで知っているなんて」

「今朝知ったばかりだ」

グレーンスは笑みを浮かべた。彼女と同じように。

ビエテはパソコンの前に座り、彼はその後ろの椅子に戻った。

「ニュークビン・ファルスターのふたりは、うまくやってくれました。みんながそうできるわけじゃない……最も重要なのは、つねに第一発見者です。被告側弁護士が不適格と見なさない方法で内容にアクセスできるよう、コンピューターを守らなければならないので」

彼女は先ほどと同じように振り返った。先ほどと同じように、存在の是非を問うために。

でも今度は、異なる理由で。

「パスワードとキーコード――これを解明するのに少し時間がかかります。ほとんどの場合、自動的に暗号化されていますが、これはとりわけ高度な暗号化です。もちろん自分の仕事に自信はありますけど、念のため訊きます――わたしがすべての作業を終えるまで、そこに座って見ているつもりですか？」

「ああ」

「もう真夜中です。部屋を取れば、アクセスできたときに起こしますよ」

「そのために来たんだ。ここにいる。それに、もうずいぶん長いこと夜通し寝ていない。かれこれ三十年近く」

レアダルの夜はストックホルムよりも暗かった。

小さな警察署の窓から外を見ていると、溺れるような錯覚に陥る。少なくともグレーンスには、海の底に沈んでいくように感じられた。

だが、デンマーク人のIT専門家が一心不乱に調べている姿を見ながら座っているのは悪くなかった。心が落ち着いた。結果に対する期待ではなく――解析は困難を極めていた――彼女のプロ意識のためだった。自分にはない能力を持つ相手には、安心感のようなものを覚える。人を信頼する――誰かを頼りにするのは心地よかった。彼女の肩越しに、なかなかロックを解除できないパソコンをじっと見つめつつ、グレーンスはときおり携帯電話に耳を傾けた。家族に対する最初の事情聴取を録音した音声ファイルが送られてきたのだ。

初回の事情聴取、というよりも会話は、遅い時刻のため短いものだった。だが、ビエテのコペンハーゲンの同僚は、最初の印象が変わらないうちに、早ければ明日には行なわれる予定のビデオ面接に対して少女に心の準備をさせたいと考えていた。その警部によると、記憶というのは現実を歪めるものだからだ。心の状態の変化によって、現実は小さくも大きくもなる。グレーンスは間近で行なわれているコンピューターの作業を邪魔しないように、ヘッドホンをつけ直した。けれども九歳の少女はあまりしゃべらなかった。ショックを受けて怯えているのか、あるいは単に話すのが好きではないのか。何度か、それは〝秘密〟とささやき声で答える場面があった。両親がそう言ったのだろう。だが、少女がわずかに語ったことだけでじゅうぶんだった。毎回、裸で互いに触っているところを撮影されていたこと、継父と母親がカメラを構えていたこと、一度、椅子に縛りつけられたときにロープが肌にこすれて痛かったことを彼女が認めたため、グレーンスは自分たちの解決すべき問題を理解した。

「大丈夫ですか?」

ビエテが心配そうに見ていた。

「グレーンスさん、大丈夫ですか？」

「もちろんだ。有力な証拠になりそうなものを聞いてるだけだ」

「声を出していたので」

「声？」

「痛みを感じているような」

「気のせいだ」

「一メートル後ろに座っているんです。首の後ろに響きましたよ――苦痛のうめき声が」

エーヴェルト・グレーンスはヘッドホンを外した。自分がこれほどまでにのめりこんでいたことに気づかなかった。九歳の少女の人生を追体験していたことに。

彼はパソコンの画面をあごで指した。

「進み具合は？」

「あと少しです」

ビエテが暗号化されたハードディスクにアクセスする方法を探るあいだ、今度は同じく携帯電話で聴けるようになった継父の事情聴取に意識を向けた。デンマークの二名の捜査官は仕事を分担している。どちらも同じくらい優秀なようだ。コンピューターの専門家がデジタルの世界の地図を作る一方で、警部には会話を分析する責任がある。形式的に録音の時刻および場所を読み上げる声によると、事情聴取はコペンハーゲンのヴェストレ刑務所の面会室で行なわれた。グレーンスが過去に自身で行なったり聞いたりした小児性愛者の取調べを彷彿とさせるものだった。だが、この継父は小児性愛者ではなかった。少なくとも、自分ではそう思っていない。そのことを証明するために、最初の質問に答える形で、彼は本物の小児性愛者について詳細に説明していた。あの連中は低俗で、まったくの倒錯者で、自分のように普通の人間ではない、と。

取調官（IR）　おまえは未成年者を搾取している。虐待している。
カール・ハンセン（CH）　言いがかりだ。
（IR）　写真を売っているだろう。おまえ自身も写っている。
（CH）　俺の顔がどこかにあるのか？　もしそんなことをするんだったら、手がかりは残さないさ。
（IR）　おまえはきわめて暴力的な性行為をしている。子ども相手に。おまえの継娘だ。
（CH）　俺じゃない。あの手の連中がどんな奴らか知ってるか？　前に訊かれたんだ。ポルトガルの奴に。そいつは……そいつが欲しがっていた動画は、女の子がマットレスに横たわって……それ以上は言えない。とにかく断わった。もちろん。

「グレーンスさん？」

ビエテが興奮したように手招きしている。振り返る時間も惜しんで。

「たぶん……うまくいきました」

その狭い部屋でも感じられた。すべてが変わる瞬間。夜間にのみ起こる覚醒。感覚が研ぎ澄まされる。匂いは強く、照明は明るく、キーボードの音は大きくなる。

「ハードディスクが開けました——写真の入ったフォルダーがふたつあります」

彼女は画面の四角いアイコンを指さした。


イケナイ子1（写真16枚）　イケナイ子2（写真27枚）

「もっと大量に保存されている大きな暗号化ファイルもあります——そっちは開くのに少し時間がかかりそうですね。いまのところ、このふたつだけです。なんらかの理由で暗号化されていません」

「イケナイ子？　冗談だろう？」

「いいえ、あいにく」

ビエテがフォルダーをクリックするごとに、画面の半分に表示されたその内容からは、継父だけなのか両親そろってなのかはわからないにせよ、まるでゲームのように楽しんでいたことが明らかになる。

どんどん見るに堪えない写真が開かれるごとに。

〝イケナイ子1〟のフォルダーでは、一枚目の写真の少女はすてきな贈り物——新しい服——を手に喜ぶふりをしていた。次の写真は、バルコニーに出て身を乗り出した少女をローアングルで撮ったもので、スカートの中がちらりと見える。次の一枚では少女は服を脱いでいた。次は継父と横になっている。

十六枚の写真が次々と表示されるにつれ、虐待は少しずつエスカレートした。

少しずつ、少女の顔つきも変わった。

最初のうち、映画に出て芝居を楽しんでいるふうにも見えた表情は、すぐに恥ずかしさが取って代わった。

「ここには残りあと十二枚。いままでよりもひどいものです。はるかにひどい」

ビエテはスウェーデンから来た警部を見つめた。つい数時間前、このか弱い少女の体験に対して、無意識のうちに共感を示した相手を。

「でも、もうこれでじゅうぶんでしょう、グレーンスさん。最後まで見る必要はないと思います」

エーヴェルト・グレーンスは感謝のまなざしで応えた。

「そうだな。あとはあんたの同僚が引き受けてくれるだろう。だいたいのところはわかった」

「〝あんたの同僚〟じゃなくて、わたしです、グレーンスさん。わたしの仕事ですから。すべてのファイルが開くまで、ひと晩じゅうここに座っています。ふたりを勾留するにはじゅうぶんでしょう。画像所持は犯罪です。画像の宣伝掲載は犯罪です。ですが、継父と母親がこうした暴力行為を行なった張本人であることも証明する必要があります。いまのところ身体の一部だけで、両親の顔は確認できていません。この中のどれかに、もっとはっきり写っている写真があるはずです。それを見つけてみせます。ふたりの勾留が確定して、捜査を邪魔されないことが確実となれば――あなたもわたしも、もっと大がかりな犯罪に捜査の対象を広げられるでしょう」

彼女はモニターを指で叩いた。

その中にそうした犯罪者たちがいるかのように。

「あの男がこの写真を引き渡している連中です」

ある意味では、彼らも共犯者だ。

「十億ドル規模の市場」

午前七時十五分にビエテが起こしたとき、グレーンスはすぐ後ろの、規則的な寝息が聞こえるほど近い距離にある椅子に、前かがみで座ったまま眠っていた。警察署の外の静かな暗闇が、ささやくような十一月の灰色に変わりはじめたところだった。そっと肩を揺りながら、彼女は発見したものをどこまで見せるべきか、またしても考えていた。こうした犯罪行為にいっさい私情をはさまず、あくまで仕事として対処する能力を明らかに欠く相手に、何を見せなければならないのか。

「画像と動画を残らずチェックしました。継父は、そうとは知らずにわたしたちの捜査に協力してくれています――全部タイムスタンプがついていました。つまり、犯行時刻を正確に把握できるんです。それをもとにすれば、起訴も容易になるでしょう」

ビエテは画面の下部に一列に並んだ四つのフォルダーを指さした。

「十一枚続きの写真には、カトリーナにオーラルセックスを強いる男が写っています。次の十四枚では、同じ男が彼女の細い身体に熱湯と冷水を交互にかけて虐待しています。女性の自慰行為を撮影した短い動画。このフォルダーには男性の露骨なクローズアップが――」

激しい怒り。

とつぜんの予期せぬ激しい怒りとともに、ビエテの目は細くなって心なしか色が変わり、声は低くなった。

「いちばんひどい写真でも、泣いていない。性行為の――九歳の女の子は泣きません」

ようやく自身の言葉が耳に届いたかのように。それを肌で感じたかのように。

「でも、もう少し大きくなればそうはいかない。泣くんです。すべてを理解したら」

そして彼女はグレーンスを見つめた。

長いあいだ。

「すみません」

「謝る必要なんかない。こいつは――」

「これまで国じゅうであらゆる種類の暴力行為を調べてきました。最初のころは、こういうことがよくあったんです。他人の人生から距離を置くことを覚えるまでは。でもグレーンスさん……たぶん、あなたがいるからです。普段はひとりで仕事しているけれど、あなたの顔を見て、あなたの反応を耳にしていると……すべて現実だって、そう感じてしまうんです」

その声はいくぶん落ち着きを取り戻し、怒りは溶けて悲しみとなりつつあった。

「この人たち……いいえ、そんなふうには呼べない。もはやわたしにとって、彼らは人じゃない。この鬼畜どもは、小児性愛者のサークルのチャットで、仕込むとか、教えこむとか、手ほどきするとか、そんな話ばかりしています。これ試したか？　あれは？　まだそこまでいってない。OK、いつごろになりそうだ？　一カ月もすればできるようになるだろう。つねに相手の心理に訴える計算をして、説得して、修正して、性的な境界を慎重に少しずつ押し広げていくんです」

エーヴェルト・グレーンスは、とりわけスキンシップが苦手だった。誤解されるのではないかと、いつも恐れていた。過剰だ、素っ気なさすぎる、長すぎる、短すぎる……けれどもいまは、彼女の肩に手を置くのが適切なのか、それとも腕のほうがいいのか、わからないことが悔やまれた。あるいは、やさしく抱きしめるのがいいのか。彼女はそれを望んでいるような気がした。

「継父の初回の事情聴取もそうです。自分がいかに普通であるか、説明しようとして。それが、このチャットログのもうひとつの大きなトピックなんです。わたしが間違っていないと確かめてください、グレーンスさん。わたしだけが、この歪んだ世界にいるわけじゃない。ほかの人も同じことをしているなら、自分が異常ではないとわかりますから」

そしてグレーンスは実行した。

抱きしめた。

彼女は身体を離すことも、逃れようともしなかった——むしろ人との触れ合いを心地よく感じているようだった。だが、グレーンスは彼女を駆り立てているものに気づいてしまった。彼女がなぜ、このような怪物がうごめくおぞましい世界を暴き立てようとしているのか。ふたりは無言のまま見つめ合った。彼女はグレーンスが事実を理解していることに気づいていた。かつて、虐待されていることを見過ごされた少女が、長年ののちに、児童虐待の加害者を罰し、刑務所へ送りこむことを使命とするようになったのだと。

「両親を起訴するための証拠はすぐにそろうでしょう——でもまずは、残りをすべて記録しないと」

デンマーク人のIT専門家は、画面の左隅にひとつだけあるフォルダーをクリックして開いた。

「これ以上はお見せしないつもりでしたが、ここに集めた写真では、女の子は服を着ています」

十五枚の写真。どれもカトリーナが中央で紙を掲げている。それぞれ名前に、呼びかけの言葉が添えられていた。〝ハーイ、ポール〟〝ありがとう、マイク〟〝ありがとう《サンクス》、デイーター〟。色とりどりのサインペンで彼女自身が書いたものだ。

「彼女はサークルのほかの男たちとやりとりをさせられています。彼らがつながりを感じるように。別の写真では、たとえばこれは——わかりますか、グレーンスさん？——もらったプレゼントを手に写っています。誰かが彼女に着せたいドレス。新たなシリーズ写真を撮影するためのカメラ。それだけじゃありません。犬用のリード、ディルド、個々のイメージを作り上げるためのプレゼント……。それに対して感謝までさせられているんです」

ビエテはもはや怒りをあらわにしなかった。何年も前に忘れようと決めた感情は、いっさいおもてに出していない。

コントロールされるのではなく、コントロールしていた。

「彼らを追跡して、見つけます。ひとりずつ」

冷静な顔。

「ぜったいに逃れられない証拠を手に入れます。いくら〝ポール〟や〝マイク〟や〝ディーター〟が本名を明かさずにいようと」

力強い口調。

「小児性愛サークルを根絶やしにしてみせます」

デンマークの小さな町の夕方前。かすかな秋の湿気、かすかな秋の風、そこかしこに満ちた静寂。エーヴェルト・グレーンスはひと気のない通りをあてもなく歩いていた。雨はやんだが、あまり関係ないようだ。いずれにしても人々は家に閉じこもっていた。

足取りは驚くほど軽く、わずか数時間の睡眠にもかかわらず、不思議なほど頭が冴えている。考えははっきりして、揺らぐことはない。眩暈も混乱も嘘のように消えた。健康でいるためには仕事が不可欠だとウィルソンに言い放ったが、もうひとつ必要なものに気づいた。希望だ。いまはそれを持って歩いていた。会ったことはないが行方を突き止めようとしている、ふたりの少女から受け取った。

大通りを折れ、一階が小さなパン屋でその上にアパートメントがある古いおんぼろの建物の中庭に足を踏み入れたときも、その希望を胸に抱いていた。ビエテがチャットログを復元したり、さらなる写真を発見するたびに、グレーンスは新たな捜索のためにここを訪れ、さらなる証拠を持ち帰った。今回の探し物は、二体の人形と金のスパンコールのドレスだ。

三部屋のアパートメントは、訪れるたびに荒れ果てていくようだった。

ここで眠り、食事をしていた者たちは二度と戻ってこないだろう。

スパンコールのドレスはすぐに見つかった。玄関のクローゼットに、少女のほかの服とともに掛けられていた。チャットで話題にされているのを読むまでは、まったく目に留まらなかった一着だ。継父——〝ラッシー〟という名で通っていたことが判明した——の会話の相手は、小児性愛サークルのメンバーと疑われる人物で、ハンドルネームは〝ロリポップ〟、IPアドレスはスイスだった。にわかに、きらめく衣装の価値が劇的に高まった。それが本当に存在するのであれば、そして虐待の場面で着てほしいと望む顧客から、撮影を行なう加害者宛てに送られてきたのであれば、また新たな証拠となりうるものを手に入れられる。そしてグレーンスは、その証拠品を薄いビニールの手袋をはめた手でクローゼットから取り出し、ビニール袋に入れて封をした。

人形のある場所はわかっていた。

以前、少女の部屋の鮮やかな黄色のデスクチェアに座ったとき、ずらりと並ぶ人形に見つめられているような気分になったからだ。

とはいえ、そのうちのどれかが、毎晩遅くまで続く捜査を乗り切るための原動力になろうとは想像もしなかった。


　二体の人形――おもちゃ屋の広告によれば、名前は〝エイミー〟と〝ヴィクトリア〟――は、サークルの別のメンバーとのチャットに登場する。この人物が〝きみの娘が裸で裸の人形と遊んでいる〟ビデオを注文したのだ。そして、削除された写真をビエテがどうにか復元した結果、きわめて興味深いことがわかった。その写真を手がかりに、グレーンスがふたたび足を踏み入れたのは、少女にとって唯一の自由な場所だった。さまざまな形の性交を含む虐待は、確認できたかぎりでは、つねにアパートメントの別の場所で行なわれていたのだ。

　グレーンスは、本棚に並んだ動かない目をした三十七の顔の横に写真を掲げた。どれも同じに見える。少なくとも、おもちゃ屋には無縁の六十を過ぎたスウェーデン人の警部に違いはわからなかった。

　ひとつひとつの特徴を見てまわり、二巡目でようやく栗色の長い髪のヴィクトリアとおぼしき人形を見つけた。そして、右端の金髪で薔薇色の頬のものがエイミーにちがいない。その二体をスパンコールのドレスが入った証拠品の袋に入れようとしたとき――自分をここまで走らせてきたものが目に飛びこんできた。

プラスチックの顔の耳元。巻き毛の下。

青い蝶。

エーヴェルト・グレーンスは、その薄い金属のピン留めを慎重に外した。ストックホルムから姿を消したふたりの少女にこれほど近づいたのは初めてだった。それを手のひらにのせ、そっと握り、もう一度手を開く。それは、スーパーマーケットで四歳の子のまとまりのない髪を留めていた、この世にただひとつしかないピン留めとまったく同じものだった。やはり思い違いではなかった。ずっと探していたものがここにある。しかも偶然ではない――グレーンスは偶然を信じていない。スウェーデン人のリニーヤは、姿を消した日に青い蝶を髪につけていた。デンマーク人のカトリーナは、インターネットに掲載された写真のなかで青い蝶をつけていた。だからこそグレーンスはここまでやってきたのだ。そしていま、性的暴行の小道具として顧客から送られた人形に青い蝶がとまっている。

警部は敏捷なほうではなく、長年クロノベリの廊下を行き来するうちに、歩行はますます困難になる一方だったが、いまはビエテのもとへ、狭苦しいレアダル警察署のコンピューター室へと飛んで帰った。湿気が皮膚に染みこみ骨にまで達するのもお構いなしに、証拠品の入った袋を手に、ひと気のない中心街を通り過ぎた――この時期のデンマークでは、凍てつくような日は稀だが、それでも寒さに身を震わせずにはいられなかった。

「どうでしたか、グレーンスさん？」

ビエテはまだ大きなモニターの前に座っていた。彼が敬愛してやまない、あの冷静沈着な態度で。ほんの一瞬、爆発させた怒りは嘘だったかのように。

「袋に入ってる。ドレスも人形も」

グレーンスは一部始終を話した。青い蝶のこと以外は。それはもうしばらく胸にしまっておくつもりだった。

「それで、あんたのほうはどうだ——ここでは？」

「新たにお見せしたいものがあります。かけてください」

グレーンスは素直に従い、彼女の右肩の後ろに置かれた座り心地の悪い椅子に腰を下ろした。いまから、壊れた世界の最も壊れた部分へ潜りこもうとしているにもかかわらず、彼女の落ち着きが伝染したかのように、グレーンスはいつになくリラックスしていた。

「数百ほどあるチャットからデータを復元して、秘密サークルで子どもを買ったり、搾取したり、虐待したりしているメンバーを全部で十名見つけました」

ビエテがそのうちのひとりをクリックすると、投稿された会話の内容が次々と表示される。

「この複数のプログラムの中に、コンフィグファイルがいくつかあって——」

「スウェーデン語で頼む、ビエテ。せめてデンマーク語で。何を言ってるのか、さっぱりわからない」

「……それで、彼らが別のパソコンにファイルを転送するのに使ったプログラムの設定を調べると――ついてきてください、グレーンスさん――カール・ハンセン、ここでは〝ラッシー〟が、この男と接触していることを証明できます。ここを見てください、グレーンスさん、ハンドルネームは〝ワスプ〟、ＩＰアドレスはアメリカのどこかです。それから、この〝レニー〟と名乗る男は同じくアメリカ、〝グレゴリウス〟はベルギー、それにスイスの男とも……」

　ビエテは画面を指さした。男たちのばかげた会話が見える。

03-11-2019 01:10:57 Message from 133438297: ＯＫ。おもしろそうだ。お尻たたき《スパンキング》は？

「これは、ついおとといのものです。過去の発言内容から、この人物がおそらくリーダーだと思われます。サークルには、かならずボス的な立場のメンバーがいて、条件を決定したり、ほかのメンバーを操って徐々に限界を押し広げようとするんです」

03-11-2019 01:11:09 Message from 238437691: もちろんそれも
03-11-2019 01:11:38 Message from 133438297: 音も欲しい。悲鳴を聞きたい。殴ったときに。それから虐待でも

「グレーンスさん、どうやら金鉱を掘り当てました。目下、各ハンドルネームのプロフィールをコンパイル中です。メンバーはだんだん増えています。チャットを始めたのは数カ月前で、それぞれのIP電話の番号と個人情報を、本名、居住地、子どもの名前に紐づけることが可能です。簡単に図にしてみました……」

レッドキャット〈?〉○　○マスター〈スイス〉
マイヤー〈ドイツ〉○　○アンクルJ〈ベルギー〉
ワスプ／ジェロニモ〈アメリカ〉○　○グレゴリウス〈ベルギー〉
レニー〈アメリカ〉○　○ロリポップ〈スイス〉
オニキス〈アメリカ〉○　○ラッシー（カール・ハンセン）

「……このサークルでは、全員が互いのことをかなり詳しく知っています。閉ざされた世

界。紛れもない小児性愛者の集まり。イメージ、妄想をやりとりする場。自分の子どもに対してやったことも、相手の子どもに対してやるべきだと思っていることも、全部明かされています」

そしてビエテは画面を指さし、左下の名前を丸で囲んだ。指の湿り気の跡が残るが、すぐに消える。

「とはいっても、閉ざされた小児性愛サークルにも穴はあります。ラッシーことカール・ハンセン。さっき説明した、画像を転送するためのFTPプログラムで、彼が削除したファイルを割り出すことができたんです。復元も可能です。彼の送信はすべてそこに記録されています。タイムスタンプ付きで。IPアドレスも、送信内容も。正確な時刻がわかれば、IPアドレスから目指す人物にたどり着くことができます……ここまではいいですか？　さっそく該当する国の同僚に連絡してみます。非公式に、詳しい事情は説明しないで。信頼できる人ばかりで、向こうもときどき非公式にわたしに協力を求めてきますから。彼らが自国のインターネット・プロバイダーに問い合わせて、特定の時刻に特定のIPアドレスを割り当てられていた個人を割り出せれば、そうしたら、グレーンスさん、ついに判明します。彼らの身元が。尻尾をつかめるんです！」

ビエテは顔を輝かせる。グレーンスは思わず見とれた。

「だけど、支援団体に密告したのはハンセンじゃない。それは確かです。このチャットの内容と、あなたが自宅に踏みこんでパソコンを押収した際の反応を見るに、彼は何も知らない。だからわたしたちはこうして調べているんです。つまり、ほかの誰かが沈黙の掟を破ったにちがいありません。鏡に映ったシャツの後ろのロゴで身元が特定されると知っていて、写真を流出させた。何者かが怒りに任せて、全員の名前を暴露しようとした」

「サークルのメンバーか？」

「かならずしもそうとは限りません」

ビエテがクリックすると、先ほどの図の下に新たな文字列が表示された。

レッドキャット〈？〉○　○マスター〈スイス〉
マイヤー〈ドイツ〉○　○アンクルJ〈ベルギー〉
ワスプ／ジェロニモ〈アメリカ〉○　○グレゴリウス〈ベルギー〉
レニー〈アメリカ〉○　○ロリポップ〈スイス〉
オニキス〈アメリカ〉○　○ラッシー（カール・ハンセン）

イージー〈グレートブリテン〉
ジュリア〈アメリカ〉
ジョン・ウェイン〈グレートブリテン〉
イングリッド〈アメリカ〉
シャーロック〈グレートブリテン〉
クイーン・メアリー〈アメリカ〉
マリー・アントワネット〈オランダ〉
ラムセス〈ベルギー〉
ルート〈オランダ〉
マリエット〈アメリカ〉
フレンド〈イタリア〉

「ハンセンはこの秘密サークルだけでは飽き足らず、それ以外にも図の下に列挙した十一名と接触して、写真を交換しています。小さなグループで、それぞれが彼と直接連絡を取っています。互いに接点はなくて、ハンセンとだけ。もっぱらハンセンと写真をやりとりしています——いずれも子どもを食い物にする小児性愛者ですが、サークルのメンバーではありません。そのうちの誰かがハンセンを陥れた可能性はおおいにあります」

「そいつらのプロフィールも判明してるのか？」

「じきに。目下、作業中です。さっきも言いましたが――彼のパソコンはまさに金鉱ですね」

ビエテはにっこりした。ほとんど笑みを浮かべる余裕もないなか、真剣な顔がつかの間、明るくなる。希望。グレーンスが今朝から携えていたもの――それは間違いなくふたりが共有するものだった。

「で、あとどれくらいかかりそうなんだ？」

グレーンスは画面をあごで指した。

「次のステップに進むまでに」

「なんとも言えません」

「数時間？　数日？　数週間？」

「どれも合ってます」

「というと？」

「サークル外でハンセンと暴力的な写真や動画を交換している十一名と、秘密サークルのメンバーで、互いに虐待の内容を指示している十名のうち八名については、せいぜい二、三日というところでしょう。それまでには容疑者を公表して、各国に協力を要請するのにじゅうぶんな証拠をそろえられると思います」

「でも？」

「でも残りの二名は、まったく手がかりがありません。メンバーはＴｏｒ《トーア》という匿名通信システムでやりとりをしています。オニオンルーターです。これを使うと、基本的に会話の相手にＩＰアドレスを知られずに済みます。ただし正確に言うと、メンバーのやりとりはほぼ毎回Ｔｏｒで行なわれます。というのも、彼らはときに注意を怠るからです——その二名以外は。標準ＦＴＰを用いたファイルのアップロード。これは珍しいことではありません。新しい画像が欲しくて待ちきれないんです。Ｔｏｒによる通信は、ものすごく時間がかかることがありますから」

「スウェーデン語で頼む、ビエテ。せめてデンマーク語で」

「発信元を突き止められないように、ＩＰアドレスがいくつものサーバーを経由するシステムです」

「それなら、そのふたりは後回しにして、残りを先に片づけてしまおう」

「そう簡単な話じゃないんです」

ビエテの笑みは消えていた。そして落ち着きも——どうにか失うまいとしているのが見て取れる。

「最悪、ふたりとも捕らえられなくても、まだあきらめがつきます。たとえば、この図の右上のレッドキャットと名乗っている男。わかりますか、グレーンスさん？　名前の下にクエスチョンマークがついているのは、出身地がわからないからです。仮に身元を特定して逮捕できなくても仕方ないでしょう。でも、あの悪魔を逃すことには耐えられません。輪の左上の男。オニキス、リーダーです。この男は最もたちが悪い。サークルを牛耳っている人物です。もしグレーンスさんが……わたしは、この男が友人に書き送っている内容を読みました。少なくとも、彼が友人と呼んでいる相手に。その友人たちは、単にもっと写真を欲しがっているだけなんです。でもこの男は……こいつは……」

エーヴェルト・グレーンスは誤解していた——彼女は落ち着きを取り戻そうとしていたのではない。怒りをこらえていたのだ。

「大丈夫だ、焦らなくていい」

「自分の娘はもうすぐ十三歳で、セックスができる年齢になると書いているんです。そうしたら……新たに養女を迎えて……グレーンスさん、この男は人でなしです！　過去にも同じことがありました。ほかの全員を捕まえてもリーダーを逃がしたら、しかも一斉に摘発できなかったら、彼は新たなメンバーを集めるだけです。わかりますか？　新たなサークルを作るんです。また別の子どもがレイプされる」

エーヴェルト・グレーンスは精いっぱい歩幅を広げた。日常のちょっとした移動を除けば、目的もなく誰かと並んで歩くのは、ずいぶん久しぶりだった。だから心地よく感じるのかもしれない。何もしゃべらず、ただ力を蓄えるための休憩。ビエテとふたりで、レアダルの小さな町を大きく一周する。頭が湿っているのは、体内の熱が放出されているのか、それとも周囲の薄靄のせいなのかはわからなかった。唯一営業していた売店を通りかかったときには、思いきって彼女の分もホットドッグとレモネードを買い、食べ終えて、あごについたマスタードを拭いてから、ふたりは申し合わせたように沈黙を破った。

「最後に読んだ内容が頭から離れない」

「わたしもです」

デンマーク人のラッシーとアメリカ人のレニーが、とりわけ暴力的な写真について交わしたメッセージだった。その写真は、カール・ハンセンがサークル外のイタリアの〝フレンド〟から入手したものだったが、詳細を知ったレニーも関心を持ち、自身が診察中にみだらな行為をした四十人の子どもの動画との交換を申し出ている。

「このイタリアの写真については、あなたが証拠品を押収しているあいだに別のチャットでも確認しています。ハンセンは相手に直接会って受け取るつもりでいました。ふたりはお互いの娘を連れて会って、丸一日、性的暴行を加えようと目論んでいたようです。趣味の活動みたいに。父親どうしでちょっと出かけるかのように。結局、その計画は流れて、写真は通常の方法で送られました。一方で、アメリカ人のレニー、オニキス、それからときどきジェロニモと名乗っている男は、カリフォルニアで少なくとも四回は顔を合わせていいます。彼らの会話から、子どもをお互いに交換して餌食にし、その様子を撮影していたことがわかります。そうしたことは、ドイツとイギリス、それにスイスの男たちのあいだでも行なわれていました。一般に、数千ものメンバーを抱えた大規模な小児性愛サークルや、誰でもアクセス可能なウェブサイトというと、十億ドル——いいえ、数十億ドルの産業だと言われています。人々はクレジットカードで児童ポルノを購入している。だけど、それは小児性愛者のサークルじゃないんです——本当のサークルでは、知らない相手と公然と共有するようなことはしない。こうやって実生活で会って、子どもに性的暴行を加えるんです」

少しずつ暗くなり、通りは人工的に照らされていた。一家のアパートメントの下にあるパン屋に差しかかると、ふたりは足を止め、下ろされたままのブラインドを見上げた。

「わたしたちが何をしようと、正しいことなんてひとつもありません」

ビエテは住人を失った窓を眺める。

「父親と母親と子どもが暮らしている家のドアをノックする。そして警察官として、するべきことをして、子どもを身体的、心理的虐待から保護して、父親と母親を刑務所に放りこむとき、わたしたちは家族を壊しているんです。子どもを本人が唯一知っているもの、唯一知っている人、その子を育てた人から引き離す。どれほど有害で異常なことであっても、子どもにとってはそれが普通で、安心できるものです。だからどのケースでも、その子は一時的に取り乱してしまいます」

ふたりは顔を見合わせた。だが、ほんの一瞬だった。

「グレーンスさん——どうにかしてあの男を探し出す方法を見つけないといけません。わたしたちがリーダーを食い止めないと。たとえあの人でなしが、ＩＰアドレスがあちこちを通って追跡不可能なシステムを利用していたとしても。あるいはアメリカ西海岸のどこかで暮らしていて、わたしはデンマークの田舎町にいたとしても。二度とサークルを作らせないようにしないと」

ふたりはパン屋と下ろされたブラインドを後にした。あいかわらず人通りはほとんどない。そばで初老の男が軋み音を立てながら車を駐めていて、遠くの開けっ放しのドアから美しい音楽が聞こえてくるが、それだけだった。

「方法はあるかもしれない」

ふたりとも歩を緩めた。まだ警察署に戻る決心がつかないかのように。

「方法？」

「さっきあんたが言った——男を探し出す方法だ」

そして、またしても同時に足を止めた。ちょうど二本の街灯のあいだで、周囲からは見えにくい場所だった。少し離れたところでは、大きな窓に煌々と明かりが灯っており、もうひとりのコペンハーゲンの捜査官とニュークビンの警察官二名の姿が見えた。

「あんたはこのまま作業を続けてくれ、ビエテ。ハンセンのパソコンで彼らの身元を特定するんだ。それが判明したら、各国の警察当局と連携を取って一斉摘発に乗り出す。世界じゅうで。事前に警告はいっさいせず、逃亡や証拠隠滅のチャンスを与えない。その間に、俺はストックホルムに戻って、われわれの任務に必要な人物に接触する。潜入捜査員だ。秘密組織に入りこむ専門家。彼の協力を得られれば、その名前のないリーダーに近づくことができるだろう——方法はわかっている」

第三部　そうした作り笑いはたいてい耳障りだ

午前零時過ぎ。ようやく帰ってきた実感がわく。さらに静かな静けさ、さらに寂しい寂寞。さらに侘しい孤独。

できることならデンマークの小さな警察署に留まり、ビエテという名のIT専門家の後ろに座っていたかった。だが、エーヴェルト・グレーンスはカストルプ空港で生ぬるいコーヒーを飲み、アーランダ空港からのタクシーでラジオから流れるヒットチャートに耳を傾けた。スヴェア通りのアパートメントに着くと、彼はコートを脱ぎもしなかった。アパートメントは彼を果てしない空虚へと引きずりこむ陥没穴だった。ふたたびタクシーに乗り、今度はクングスホルメンへと向かう——クロノベリのオフィスへ、コーデュロイのソファーへ。少しだけ座るつもりで。ただ足を休めるために。

そしていま、そこで目を覚ました。コートを着て靴を履いたまま。窓から射しこむ穏やかな陽が顔を撫でていた。七時十五分。ここのところ細切れの睡眠が続いていたが、ようやくぐっすり眠ることができた。

グレーンスは人目を忍んでエレベーターに乗り、警察本部のプールで冷たいシャワーを浴びると、ひそかに地下の駐車場へ向かって車に乗りこんだ。そしてハントヴァーカルガータン通りを離れたころ、リッダルフィヤーデン湾の空に太陽がゆっくりと昇りはじめた。月曜の朝にもかかわらず道路は空いており、数分のうちにグローブ・アリーナを過ぎ、道を曲がってエンシェーデの住宅街に入る。縦横に交差する通りは、さながら積み重ねたスティックを崩さないように抜く〝ジャックストロー〟のゲームのようだ。ホフマン一家は爆破された家を建て直し、ようやくここに戻ってきた。グレーンスは自分で思っている以上に彼らが恋しかった――何カ月ものあいだ、彼のアパートメントにあふれかえっていた家族の声が。一家が住む場所を失ったあと、グレーンスは自分でも驚いたことに彼らを自宅に呼び寄せた。三十年以上前にアンニが完全に介護ホームへ移り住んで以来、キッチンに招き入れた客はたったの三人で、誰ひとり泊まらせたことがなかったというのに。誰かの息遣いを身近に感じて、これほど心が満たされるとは思ってもみなかった。エネルギー。予測できない毎日。散らかり。意思の衝突。苛立ち。ほっとした笑い。格子模様のパンケーキ。たまのラスムスのハグ。要するに、人間らしさだ。

赤い囲い柵や、新聞を取って蓋が少し開いたままの郵便受けが並ぶ道をゆっくりと進む。グレーンスの車が停まったのは、ほかの家とは違う郵便受けの前だった——子どもの大きくて不ぞろいな文字が書かれている。書いたのは、家族の名前の綴りを覚えたばかりの、幼かった日のヒューゴーだ。

コスロウ　ホフマン

その郵便受けは、爆発のあった晩に、ただひとつ無傷で残ったものだった。家も庭もすべて吹き飛ばされた。テレビで見る、遠くの国の戦争で誤爆された民家の映像のようだった。だが、それは紛れもなくスウェーデンの郊外で起きた出来事であり、元潜入捜査員ピート・ホフマンに対する兵器マフィアの警告だった。家族を狙った、このうえなく非情な脅迫。あのときホフマンとグレーンスは互いに助け合い、それぞれ相手のために潜入した。それが本当に最後の協力になるはずだった。

今日までは。

警部はしばらく車に乗ったまま、うわの空で朝のラジオを聞いていた。彼らがこの家に戻って以来、一度も訪ねたことはなかった。招待されるたびに、言い訳はますます苦しくなった――そもそも最初から上手ではなかったが。ひょっとしたら、もはや以前の生活を取り戻せないことに気づいたのかもしれない。声が聞こえなくなると、どんな音がするのか。そしてここに来ないほうが、気づかないふりをするのが簡単になることに。どうやっても彼らを連れ帰ることはできないのだから。

門を開けるなり、彼らはキッチンの窓からグレーンスの姿に気づいた。廊下を勢いよく駆けてくるラスムスの足音が聞こえ、グレーンスが呼び鈴を鳴らさないうちにドアが開いた。

「エーヴェルトさん!」

小さな腕では、大柄なゲストを抱きしめるのには無理があったので、どこかぎこちない動作だったが、それでもグレーンスが人生の後半で経験したなかで、最も心がこもった温かい触れ合いであることに変わりはなかった。

「やあ、ラスムス、驚いたよ――」

「入って」

「――ずいぶん大きく――」

「朝ごはん食べてるんだ。一緒に食べようよ、エーヴェルトさん!」

「――なったな」

ラスムスに腕を引っ張られたグレーンスは、靴を脱ぐのもそこそこに一緒にキッチンへ向かった。

「朝っぱらからすまない」

彼らの席順は、グレーンスのキッチンテーブルを囲んでいたときと変わらなかった。一方の長辺にピートとヒューゴー、もう一方にソフィアとラスムス、そして短辺に置かれたベビー用ハイチェアにルイザ。グレーンスはいつもその向かいに座っていた。唯一空いている場所に。いま彼が向かったのも、そこだった。

「コーヒーどうぞ、エーヴェルトさん」

ラスムスが危なっかしい手つきでコーヒーがたっぷり入ったポットを持ってきて、おおかたこぼすことなく、どうにかカップに注いだ。

「ミルクはいらないんだよね。パパと同じで。そうでしょ、エーヴェルトさん？」

「そのとおりだ、ラスムス」

多くはいらなかった。温かい抱擁、心からの笑顔、彼に会えて喜んでいる相手に注いでもらうコーヒー。エーヴェルト・グレーンスはつかの間の幸せ、くつろぎを感じた。

「どうして来たの？」

ヒューゴーは弟よりも浮かない顔だった。心配していた。ラスムスは両親に言われるまま、さまざまな国や大陸や隠れ家を何も考えずに転々としていたのに対して、ヒューゴーは、犯罪組織の潜入捜査員、ピート・ホフマンの息子としての逃亡生活に、なかなか馴染めずにいた。安心感を得て、信じる気持ちを取り戻すまでに時間がかかった。大人を信頼するまでに。だから、いつでも訊きにくいことを尋ね、相手の意図に隠された危険を探り出そうとするのだ。

「エーヴェルトさんが来てくれたのはうれしいよ。それはわかってるよね？　だけど、いままでずっと来なかったのに、学校がある日の、朝ごはんの真っ最中に来るなんて」

ヒューゴーに嘘はつけない。親しい友だちのままでいたければ。エーヴェルト・グレーンスは、そうしたいと願っていた。

「ここは居心地がいい。サンドイッチを食べて、こんなに成長したきみの妹を見ていると、幸せな気持ちになれる。もっと早く、もっとちょくちょく来るべきだった——これからはそうするつもりだ。それだけでもじゅうぶんな理由だろう。だが、きみの言うとおりだ、ヒューゴー。別の理由もある。きみたちが出かけたあとで、お父さんに話があるんだ」

ヒューゴーとソフィアがすばやく目を見交わす。怒りの前触れ。あるいは恐怖心かもしれない——どちらの表情にも同じ感情。

「どんな？」

恐怖。ヒューゴーが口を開くと、それが明らかになった。

「なんの話をするの？」

「すまない、ヒューゴー。お父さんにしか聞かせられないことなんだ」

「やっぱりそうだ！　危険なことでしょ。それで僕たちにも迫ってくるんだ、この新しい家にも。パパのことだといつも、いっつもそうだ」

「きみたちは大丈夫だ。今回は。きみにもラスムスにも、ルイザにもお母さんにも関係ない。ぜったいに」

「どうかな。グレーンスさんもパパも、いつでもそう言ってる。だけど結局、同じことじゃないか」

ピートはまだひと言も発していない。長いあいだ普通の社会生活を送れず、互いの存在だけが頼りだったふたりの少年と、孤独を連れ合いに選んだ年老いた警部のやりとりを黙って見つめているだけだった。この数年で、彼らが互いに親しくなったのは喜ばしいことだ。しかしピートはヒューゴーの肩に手を置いて長男を見つめ、それから予期せぬ客に目を向けた。

「ヒューゴー、いいか、嘘じゃない。もう危険は迫ってこない。エーヴェルトおじさんとパパは二度と一緒に仕事をしないからだ。そう約束したんだ」

ホフマンは警部をじっと見つめた。そのとおりだった。互いに約束した。ピート・ホフマンはそれまでの生活を捨て、金輪際、犯罪にはかかわらないと誓った。そしてエーヴェルト・グレーンスは、警察が今後、最も優秀な潜入捜査員に対して命がけで組織犯罪を暴くよう要求することはないと断言したのだ。

ホフマンはまじろぎもせずに見つめ、ついに警部は目を伏せた。

やはり思ったとおりだった。それがグレーンスの訪ねてきた理由だ。

約束を破ること。

「ヒューゴー、ラスムス――そろそろ急がないと。サンドイッチを食べて、ジュースを飲むんだ。出かけるまで、あと……」

カウンターの上の壁に掛かった時計が音を立てている。

「……四分しかない。まだ歯も磨いてないだろう。それからラスムス、宿題をちゃんと入れるんだぞ」

この混乱――ここでの家族生活で、明らかにリハーサルを重ねたひとコマ――のさなかに、ソフィアもコートとバッグを探していることに気づいたグレーンスは、急いで後を追って狭い廊下に出た。

「ソフィア――あんたも一緒に出かけるのか？」

「同じ学校へ。でも、ヒューゴーとラスムスが休み時間に校庭に出てるあいだは、暖かい職員室にいます」

「フランス語だったな、たしか」

「スペイン語も。それに、必要ならポーランド語も」

「ピートにする話を聞いてほしかったんだが。あんたにも〝最後〟だと約束したからな。といっても、もちろん俺の得意なスウェーデン語で」

グレーンスは笑みを浮かべたが、ソフィアは表情を変えなかった。

「ごめんなさい。一時間目は同じ時間に始まるんです。それに正直、聞きたいとは思えません。ご自分でも言ったでしょう。あなたは〝最後〟だと約束した。約束は守ってくれると思っていました。でも、コーヒーはゆっくり飲んでいってください」

ヒューゴーの目が恐怖に満ちていたとしたら、ソフィアの目は怒りに燃えていた。当然だ。まさに彼女の言うとおりなのだから。彼らの家のドアをノックした理由が、この訪問を歓迎されざるものにしている。

キッチンでは、ルイザがベビーチェアに、ピートは自分の席に座ったままだった。グレーンスも先ほどの席に座り直した。

「時間はあるか、ピート？」

「三十分くらいなら。ルイザを就学前学校《プレスクール》に送ってから、ソルナの顧客のところへ行って、防弾扉と監視カメラを設置する予定です」

　ホフマンがルイザの頬についたヨーグルトとオレンジジュースを拭き取り、ハイチェアから下ろすまで、グレーンスは待った。ごくありふれた行為だが、自分はどちらも経験したことがないと気づく。

「俺が来た理由はわかってるだろう」

「ソフィアは気づいてます。ヒューゴーも」

「よほどのことがないかぎり、ここに来たりはしない。おまえに救える命がなければ」

「ソフィアの言ったとおりです。それに、俺もまったく聞く気にはなれない」

「それでも聞いてほしい」

「いいえ、エーヴェルトさん。それより俺の話を聞いてください。このテーブルを片づけてから」

　日常的な作業のほうがグレーンスは慣れていた。この家を建て直すまでの半年間、毎日、朝食後にテーブルを片づけて、広いアパートメントの広いキッチンに意味と実体を与えていたからだ。ホフマンが食品を冷蔵庫とパントリーに戻すあいだに、グレーンスは皿を食器洗い機に入れ、テーブルや床に落ちたパンくずを掃除した。

「では、二階から案内します。一緒に来てください」

数カ月前、リニーヤの父親がヤーコプの部屋を見せて説明しようとしたときと同じだった。今度はホフマンが彼を待ち、この家のほかのすべてと同様に新しい匂いがする木の階段を上っていく。爆破された前の家と寸分違わず設計されているようだ。

「ラスムスの部屋はこっちの左側で、昔と同じですが、家具は新しくなっています。ヒューゴーの部屋は真ん中で、まったく変わってません――本人のたっての希望で」

以前の部屋がどうだったのか、グレーンスはよく覚えていなかった。とくに重要だと思わなかったのだろう。だがピートがそう言うのなら……。

ピート・ホフマンはやや誇らしげに次の部屋へと進む。

「そして、ここはまったく新しいんです。ルイザにも自分の部屋があるんですよ。たいしたものだ」

エーヴェルト・グレーンスはごく平凡な子ども部屋をのぞいた。ごく平凡なベビー用品が置かれているだけだ。だが、ピートは明らかに得意満面だったので何も言わなかった。

「今度は下に行きましょう。俺の書斎に」

ふたりは木の階段を下りて、昔と同じく地下にあるホフマンの仕事部屋へと向かった。

机とクローゼットの位置も変わっていない。

「前の部屋にそっくりだと思いませんか？」

「まったく同じにしたんだろう？」

「でも、ひとつだけ大きな違いがあります」

ホフマンは大きなクローゼットを開けて足を踏み入れ、グレーンスを手招きして、家族のセーターや靴が詰めこまれた棚、スーツやワンピースが掛かったハンガー、冬服のためのスペースを見せた。

「わかりますか？」

「何がだ、ピート？」

「この奥には何もありません。秘密のドアを開ける隠しレバーも、潜入捜査員ピート・ホフマンの内奥の部屋への入り口も」

以前の家のクローゼットは、壁の奥に別の部屋があるとはわからないほどうまく隠していた。武器キャビネット、防弾チョッキ、現金や偽名のパスポートがぎっしり詰まった金庫が置かれた部屋。隠れ家。

「さっき案内した上の部屋——あれがいまの俺の生活のすべてです。ヒューゴー、ラスムス、ルイザ、ソフィア。だから、ここにも隠し部屋はないんです。もう秘密にすることはありません。俺の仕事は、企業に監視カメラや警報器や防弾扉を売って、ときどき週末にボディガードを務めることだけです。いまの生活を危険にさらすような真似は二度としません」

過去に一度、エーヴェルト・グレーンスはピート・ホフマンの射殺命令を出したことがある。それは知り合う以前の話だった。さらには、密輸された大量の麻薬の証拠をネタに脅して、ホフマンに潜入捜査を強要した。その証拠が公表されれば、彼はまたしても長期間の服役を余儀なくされただろう。そのころには互いに相手を知っていたが、それほど近しいわけではなかった。だが、半年間ともに暮らし、初めて家族の一員としての生活を経験したいまでは、もはや銃や脅迫によって協力を強いることは無理だった。懐柔も問題外だ。それはホフマンが潜入捜査員としての年月で磨き上げたテクニックだ。したがって、地下室のクローゼットの中で、せいぜいにらみ合うことしかできなかった。ついにエーヴェルト・グレーンスがやわらかな物腰を捨て去るまで。

「二度としないと言ったが――」

「もう何も頼まないでください」

「――まだ聞いてないじゃないか――」

「いい加減にしてください！」

「──おまえに何を頼みたいのか」

「もうたくさんです、グレーンスさん──俺の言ったことの、具体的にどこが理解できないんですか?」

その昔、少年院に出入りを繰り返していたピート・ホフマンは、さまざまな医師やカウンセラーから、行動の原因を衝動抑制の欠如と診断された。けれども最初は犯罪者、そして囚人として年月を重ねるにつれ、その人格特性は次第に極度の衝動抑制に取って代わられた。ホフマンはすでに心に決めていた。二度と内なる怒りに主導権を握らせない。二度と世間に正体を明かさない。結果的に、それは敵の信用を得ようとする者にとって、申し分のない手段であることがわかった。組織を破壊する──そして同時に自身を守る──瞬間になって、初めて怒りを利用する能力。

エーヴェルト・グレーンスは、そうしたことをじゅうぶん理解していた。それゆえ察知した。ホフマンは爆発寸前だ。

だが、それでも構わなかった。

自身の激しい怒りが、断念するという選択肢を奪っていた。

「子どもたちの命がかかってる」

「二度とごめんです、グレーンスさん」

「ラスムスと変わらない年ごろの。もっと幼い子もいる」

「たとえスウェーデン警察の頼みでも、いや、どこの国の警察の頼みだろうと」

「これは警察の頼みじゃない――俺個人だ」

「たとえあなたのためでも。だから、いい加減にしてください！　無理を言わないでください、グレーンスさん」

目の前に立っているピート・ホフマンは震えていた。もはや限界だった。それは互いにわかっていた。ときとしてホフマンが、どれだけ戻りたい欲望と必死に戦わなければならないのか。金のためではなく、アドレナリン、スリル、彼自身を形作るあらゆるもののために。犯罪の世界あるいは各国の警察から、もう一度だけと頼まれたことを断わるのが、どれほど難しいのか。どのようにソフィアや子どもたちと約束し、家族の一員としてやり直す最後のチャンスを与えられたのか。その約束を破れば、待ち受けているのは、もっぱらグレーンスと同じくらい果てしない孤独だということも。

「ピート――俺はおまえを助けた。俺を必要としているときに駆けつけた」

「俺だってあなたたちを助けました！　何度も！　だが、うまくいったためしがない――少なくとも俺にとっては。ですよね？　どうなるか、お互いにわかってるはずです、警部。彼らは搾り取るだけ搾り取って、あとには何も残らない」

エーヴェルト・グレーンスの内ポケットには、写真と折りたたまれたチャットのプリントアウトの封筒が入っていた。それをほとんど投げ捨てるように突きつける。

「これが、おまえが止めようとしないものだ！」

「い、い、い、い、い、い、い、い、い、い、い、い」

「出ていってくれ」

「おまえには貸しがある」

「あなたにも、この家の外の誰にも貸しなどいっさいない！」

グレーンスは封筒の中身を取り出し、写真とチャットの記録を掲げると、ホフマンの顔の前にちらつかせた。

「ほんの一部だ。しかも最悪のものですらない。おまえが見殺しにする子どもたちだ！」

「出てけ！　消え失せろ！」

ホフマンは一歩前に出た。

「いますぐ！　二度と俺に無理強いするな！　帰れ、それがお互いのためだ！」

グレーンスは、もはや秘密の生活を隠していないクローゼットの中に立っていた。追いつめられたネズミのごとく壁に押しつけられて。逃げ場はない。にらみ合ったまま。

「おまえがこの悲惨な現実を見るまでは帰らない、ピート。自分が何に対してノーと言ってるのかを知るまでは。おまえが――」

何ひとつ残っていなかった。
どうにか逃れて身を守りたいという衝動のほかは。
拳が顔を、鼻を、右頬の一部を直撃する。次の瞬間、グレーンス警部は倒れた。
そして床に横たわったまま、ぴくりともしなかった。

今日一日で、いまが最高のひとときであるのは間違いない。家じゅうが、あたり一帯が夜の静けさに包まれていた。ルイザはすでに眠っていて、ラスムスとヒューゴーもそれぞれ自分のベッドで安らかな眠りにつこうとしている。兄弟の幼いころは見逃してしまった――犯罪行為、刑務所、潜入捜査員としての生活が、家族と過ごすよりも多くの時間を占めていたからだ。だが、あのころは本当の意味で生きてはいなかった。逃亡。それが自分のしていたことだ。だから、あたりまえのようにここに座っていられることのありがたさが身に染みるのだろう。子どもたちと一緒に、もう別の場所に行くこともなく。ただ静けさに包まれて。心の奥深くまで。

けれども今夜は違った。

懸念。不安定。怒りが胸の中で小さな爆発を繰り返し、どうやって食い止めればいいのかわからない。

まるで昔に戻ったような気がして、耐え難かった。

「パパ？」

ピートがじっと腰を下ろしていたのはラスムスの部屋だった。

「どうした？」

「エーヴェルトおじさんは、なんの用だったの？」

彼は次男の頭を撫でる。

「ただ……挨拶をしに来ただけだ」

「朝ごはんのときに？」

「ああ……久しぶりだったから、たぶん――」

「ほんとに？」

ヒューゴーの声。隣の部屋から聞こえてくる。

「信じられないよ、パパ――こんなに久しぶりなのに？」

「そうだ。何しろ……」

「〝挨拶をしに来ただけ〟？　本気で言ってる、パパ？　僕たちのこと、誰だと思ってるの？」

ふたりは眠りについた。やっと。ピート・ホフマンは階段を下り、普段なら一日の最高のひとときの続きが待っている場所へと向かった。キッチンのテーブルでソフィアと飲む一杯のワイン、ほかには何も求めずに、ともに過ごす最後の一時間。

だが、またしても普段の夜とは違った。

ソフィアはグラスを出してワインを注ぎ、いつもの椅子に座っていた。

けれども、いつもの彼女ではなかった。彼自身、いつもの自分ではなかったからだ。

「ピート？」

「なんだ？」

「ラスムスやヒューゴーとまったく同じことを訊くわ。今朝の訪問はなんだったの？」

ピートは妻を見つめた――隠しごとができない、ただひとりの相手。

「これだ」

グレーンスに突きつけられた封筒。

ピート・ホフマンはそれをパイン材のテーブルの上に差し出すと、逆さまにして、中身をテーブルに落とした。

彼女の最初の反応は苛立ちだった。

「いったい……」

それが嫌悪に変わる。

「……なんなの？」

「ほんの一部だ。しかも最悪のものですらない。そう言っていた——エーヴェルトさんが。写真は自分で見てくれ……テキストは、俺はちらっと見ただけだが——小児性愛サークル内のチャットだ」

ソフィアはその山を見つめた。焦点を合わせずに。ぼんやりと。

「彼は目の前にこれをちらつかせた。俺は二度と仕事を引き受けないと断言したにもかかわらず。もう干渉しないはずだった。かかわらないはずだった。なのに、このおぞましい写真を持って現われた。西アフリカに現われて、無理やり人身売買組織に潜入させられたときのように。お互いに、そうしたことはもううまくいかないとわかってる。あれ以来、俺は真面目に生きてきた。これ以上、厄介ごとに巻きこまれるのはごめんだ！」

彼は立ち上がった。子どもたちを起こさないように、どうにか興奮を鎮めようとする。

「それだけ、ピート？」

「じゅうぶんだろう？」

「いいえ。たぶん以前なら——だけどいまは違う。あなたがそんな表情をするなんて。そんなふうに振る舞うなんて」

隠しごとができない、ただひとりの相手。

「今朝の話は、きれいには終わらなかった。友情にひびが入った」

ソフィアの視線がいちばん上の写真に引き寄せられる。彼女は写真の山をぱらぱらめくった。そして表情が――ピートから見ても明らかに――変わった。苦悩。過去の記憶。彼女が写真を見て、チャットの記録を読んでいるあいだに、ピートは二度、断わってから二階に戻り、子どもたちが本当に眠っているかどうかを確かめた。心配だったからだ――時間はかかったものの、ようやく他人のことを考えられるようになった。だが、それと同時に彼女の反応を目の当たりにしたくなかった。何に対する反応かは、わかっていた。一方のソフィアは座ったまま、ホフマンが今日一日、近づく勇気さえなかったものを理解しようと努めていた。

やがてソフィアは、ピート自身がしたかったことをした。

涙を流した。

「何を考えてる？」

彼女は答えなかった。だから気が済むまで泣かせておいた。

「ハニー？　ソフィア？」

「訊かなくてもわかるでしょう」

「話したいのなら……」

「いいえ」

これまで互いに何度となく努力した。彼は努力した。彼女の過去の一部となろうと。何があったのか、理解しようと。遠い昔に。

「やっぱり……見せるべきじゃなかった」

「わたしが頼んだのよ」

「どういうことなんだ、ソフィア。十五年も一緒にいる。三人の子に恵まれた。何度も殺害の脅迫を受けて、殺し屋たちに襲撃されて、家が爆破されて……それでも話せないのか？　俺に。きみ自身のことを」

「ごめんなさい。無理だわ、ピート。言葉にできないの。自分に対しても」

彼は裸の子どもたちの写真と小児性愛者のチャットをかき集め、すべてを忘れようとするかのように封筒に入れた。長年かけて、妻の信頼を得るためにできることはすべてやった。これ以上やることはない。彼女に愛されているのはわかっている。そのすばらしい無条件の愛情は疑う余地もなかった。にもかかわらず、彼女の幼少時の出来事に触れることはできずにいる。いまだに彼女を縛りつけているであろう出来事に。

「それで、ピート、なんて言ったの？」

ソフィアは静寂を破るように彼を見つめた。

「言った?」

「エーヴェルトさんに」

ピートは彼女の視線を受け止めた。涙は止まっていた。いまのところ。

「ふたりで決めたことだ。きみに約束したこと。もう二度とやらないと」

エーヴェルト・グレーンスはコーデュロイのソファーに寝転がり、ブラックコーヒーのカップをかろうじて胸に置いたまま、警察本部の深夜の静寂に耳を傾けていた。エンシェーデの〝ジャックストロー〟の通りを後にしたのは、ちょうど朝の通勤ラッシュが終わりつつあるころだった。そこからニーナス通りに入ると、都心部に戻ってクングスホルメンの大きな病院へ向かった。外傷性ストレッサー。それが放射線科医の診断だった。鼻骨骨折。数時間後に痣になって腫れあがった顔。

ホフマンが何を求めていたのか、というよりも、おそらく何を懇願していたのかは理解していた。

それでも譲らなかった。その結果がこれだ。

今後、ふたりがともに道を歩むことはないだろう。

どうにか痛みを無視して肘掛けから首を上げると、グレーンスはコーヒーをひと口飲んでから、まだ半分残っているカップを胸に戻した。先ほどこっそり警察本部に入ったとき、四つのドアの前で四度、足を止め、誰もいないとわかっていながらノックしそうになった。最初はエリーサ・クエスタのオフィス――あの荷解きされていない箱に座って、棺の中にいないアルヴァのことについて話し、もう少し詳しいことを聞きたかった。次はマリアナ・ヘルマンソンのオフィス。何度となく訪ね、自分の考えを残らず彼女に聞いてもらい、おかげで頭が整理された場所だ。だが、いまでは別の誰かのオフィスになっていることを思い出した。三度目に立ち止まったのは、エリック・ウィルソンのオフィスの前だった。アルヴァと同じく棺の中にいない少女、グレーンスの停職のきっかけとなった少女、リニーヤについてもっと話したかった。だが、そんな話をするわけにはいかない。ふたりの少女の存在が確実になるのは、単独でひそかに非公式の捜査を続けた場合だけだ。そして最後に足を止めたのは、スヴェン・スンドクヴィストのオフィスの前だった。通常、ここに来るのは、ホフマンの協力なしで、どうやってうまく捜査を進めるべきかを相談するためだ。だが、いま実際にスヴェンが中にいて、アドバイスをしてくれたら、この最も親しい同僚に対して、真実を隠すことなどできない。だったら、最初から何も言わないほうがましだ。

グレーンスはやっとのことで自身のオフィスにたどり着き、コーデュロイのソファーで自力で答えを見つけようとした。だが、ほどなくあきらめて、ビエテから最新情報を聞くためにデンマークのレアダル警察署に電話した。

彼女はなかなか出なかった。何か意図があるのだろうか、とグレーンスは勘繰った。

「もしもし——グレーンスだ。ストックホルムのオフィスからかけてる」

「エーヴェルトさん……本当に？」

「ああ、いま——」

「よく聞こえなくて。回線の調子が悪いみたいです。かけ直してもらえますか？」

回線ではなくて、もはや無傷ではない鼻のせいにちがいない。

かけ直しても、やはり彼女が電話に出るまでに時間がかかった。またしても故意かもしれないと思う。

「ごめんなさい——今度は大丈夫です。サークルに参加せずに、ハンセンと直接画像をやりとりしていた二名の男について、新たな事実が判明しました。おそらく身元を突き止めたと思います」

避けられているのではなかった。そう考えて、どういうわけかグレーンスは心が晴れた。

「ハンドルネーム〝フレンド〟のほうは、本名アントニオ・T・フェッラーラ、娘に対して性的暴行を繰り返し、現在、長期刑で服役中です。イタリアの刑務所内で、どうやってインターネットにアクセスしているのかは、わたしにはわかりかねますが。ハンドルネーム〝シャーロック〟はジョン・デイヴィッズという人物です。この男は児童虐待の罪でイギリス北部で二度の実刑判決を受けています。彼らを刑務所に送っても効果がなかったのは明らかですね」

彼女がキーを叩く音が聞こえてくる。進展を求めて苛立ちを隠しきれないようだ。

「いま、もうふたり調べていて——あと一歩というところです。どちらもサークルのメンバーです。ドイツ人の〝マイヤー〟。それから〝レニー〟はアメリカの小児科医で、彼自身に子どもが十人いることがわかっています」

十人。エーヴェルト・グレーンスは考えただけで鳥肌が立った。それでも考えた。

「その子どもたちの写真は？」

「見ないほうがいいです」

「そんなにひどいのか？」

「ええ」

彼女は以前のようにメモを取っていた。少なくとも用紙を軽く叩いていた。

「ビエテ——どうやったらそんなふうにできるんだ？」

「あなたと同じで、睡眠時間を削っています」

「そうじゃなくて、これ以上写真が増えて耐えられるのか？」

「もうずいぶん長くこの仕事をやってますから。たぶん……死体を見るのと同じです。死人を。目をそむけたくなるような。それでも、毎日解剖している人もいます。きっと……しばらくすると何も思わなくなるのかも。慣れていない人と違って記憶に留めないのかも」

「俺みたいに？」

「あなたみたいに、エーヴェルトさん――少なくともこの件に関しては。それで、潜入捜査員のほうは？」

グレーンスは言葉に詰まった。そこでビエテは続ける。

「この手の組織に入りこむ専門家です。彼はいつから始めるんですか？　それとも彼女ですか？」

一瞬、叩く音がやんだ。本当に知りたがっているのだ。

「彼だ」

「で？」

「いま……いろいろ手配中だ。じきにそっちへ向かう」

エーヴェルト・グレーンスはコーデュロイのソファーから動かなかった。心が波立ったまま。

性的暴行で長期刑を受けたり、十人の子どもを虐待したりしている顔のない男たちが、じっとこちらを見つめている。目を閉じても、彼らの姿は消えなかった。

三十分後、携帯電話が鳴った。画面に表示された番号を見て、グレーンスは電話を裏返した。だが、ふたたび鳴った。さらにもう一度。固定電話と携帯電話が交互に。六度目に鳴ったとき、彼は呼出音を数えた。四、五、六、七、八、九……全身がこわばる。そして、ようやく静まった。

本当は話したくてたまらなかった。だが、どうして話せるというのか？

自分に課せられた任務は、ひとつだけだった。デンマークの田舎町の小さな警察署に閉じこめられたビエテが、無秩序の闇の世界から姿を現わした小児性愛サークルのメンバーを突き止めるべく二十四時間休みなしで働いているあいだに、スウェーデンの首都に戻り、連れてくると約束した潜入捜査員とともに南へ向から飛行機に乗りこむ算段をつけるはずだった。

その結果が外傷性ストレッサーだ。鼻骨骨折。

ふたたび彼女が電話をかけてきた。七、八、九、十、十一。いままでで最も長い。

もちろん、警察のために犯罪組織に潜入する捜査員はほかにも知っている。だが、ホフマンほど優秀な者はいなかった。グレーンスが信頼を置き、理解さえするようになった男。したがって、ただでさえ非公式なのに、いかなる状況でも表沙汰になったり失敗したりすることが許されない任務となると、ほかに適任者はいなかった。その彼を失った以上、ビエテの電話に出ても無意味だ。

「グレーンスさん？」

閉めたドアの向こう側から声が聞こえた。

「エーヴェルト・グレーンスさん？　いらっしゃいますか？」

聞き覚えのない男性の声。かなり若い感じだ。

「誰だ？」

「当直の者です」

グレーンスは待った。新入りだろう。まだドアの前にいるようだ。

「なんだ？」

「お邪魔してすみません、警部。ニュークビン・ファルスターのそばの町から、とても感じのいい警察官が電話をかけてきて、警部のところへ行ってほしいと頼まれたんです。デンマーク語なので、だいたいのところしかわかりませんでしたが。彼女が言うには、あらゆる手段で警部に連絡を取ろうとしたそうです。メールや固定電話や携帯電話で。警部とは知り合いで、電話番号もご存じだと」

グレーンスはため息を聞かれなかったことを祈った。これ以上、彼女を避けるのは無理だ。問題などないふりをしても、消えてなくなるわけではないのは明らかだった。彼女の番号を押すと、グレーンスとは違って最初の呼出音で出た。

「ずっと連絡を取ろうとしてたんです、グレーンスさん」

「いや……とにかく、こうして取れたわけだ」

「突破口を見つけたんです！　あなたの潜入捜査員に果たしてもらう役目を」

笑って応じるべきだった。喜ぶべきだった。彼女の口調は真剣で、達成感に満ちていた。本当に、いまや入り口となった出口を見つけたのだ。

「本当か？」

だが、そうした作り笑いはたいてい耳障りだ。

「最初のサークルのメンバーのふたりも身元が判明しました――マイヤーとレニーです。マイヤーの本名はハンス・ペーダー・シュタイン、二十年前にミュンヘンの北の小さな町で、一連の児童への性的暴行で有罪判決を受けています。その後、仮釈放されて、表向きはおとなしくしています――ドイツの州警察は彼が改心することを期待していました。レニーは十人の子の父親で、診療中に四十人の子どもを暴行し、その様子を撮影したと自慢していました。本名はジェームズ・L・ジョンソンで、ロサンゼルスとサンフランシスコのあいだにあるバイセイリアという町に住んでいます」

みごとだ。グレーンスはそう言いたかった。叫びたかった。別れてから一日で、彼女は四人の名前を突き止めたのだ。だが、彼は何も言わなかった。

「でも、このことで連絡を取りたかったわけじゃありません。まだあるんです。チャットの内容から、どうやらマイヤーとレニーは近々会う計画を立てているようです。直接、またしても。しかもふたりだけじゃなくて――聞いてください――リーダーのオニキスも合流することになっているんです！　まったく手がかりがつかめなかったふたりのうちのひとり。ぜったいに逃したくない人物が。マイヤーとレニーとオニキスは――彼らの隠語めいたやりとりを正しく解釈していれば――三人とも自分の子どもを連れてきて交換します。三人とも、子どもたち全員を好きなように扱えることになっています。場所はおそらくカリフォルニア、四日足らずのうちに。チャンスです！　総動員して綿密に計画を立てれば、各国の警察と協力すれば……」

なんてことだ。みごとどころではない。想像を絶するすばらしさだ。

「例の潜入捜査員の話が出たときに、エーヴェルトさん、あなたがここを去る直前に、その人物はリーダーに近づくための手段だと言いましたよね――そのための方法もわかっていると」

やはりドア越しの声に答えるべきではなかった。

ましてや彼女に電話をかけ直すべきでは。

「もしもし？　エーヴェルトさん？　答えてください」

「カール・ハンセンだ」

「彼が何か？」

「ラッシー」

「ええ」

ビエテは彼が続けるのを待った。

「エーヴェルトさん？　もしもし？」

「カール・ハンセンは小児性愛サークルの扉を開く鍵だ。われわれにとっても、彼のみを経由して接触する外部の人間にとっても。そればかりか、次のステップへ進むための鍵でもある。たとえコペンハーゲンのヴェストレ刑務所に勾留中でも。誰ひとり彼の顔を知らないからだ。彼らはハンドルネームや写真を通して互いに知ってるが、写真に写ってるのは腕や脚、上半身だけで、顔はない。相手の顔を見たことがあるのは、じかに会った者だけだ。しかも、あんたが目を通したチャットの記録では、ラッシーが実生活で他のメンバーに会ったことを示す箇所はどこにもない。俺たちが踏みこんだときに、妻と娘と一緒に、初めてベルギー人たちに会いに向かうところだった」

浅く、規則正しい呼吸。彼女は期待に胸を膨らませている。

「それで、グレーンスさん？」

「俺が話した潜入捜査員だが、彼がハンセンになりすます。ラッシーになるんだ」

彼女の沈黙が変わる。

「ラッシーとして、リーダーに近づく」

呼吸が深くなる。

「今度の集まりに参加してもらう」

あたかもその提案について考えているかのように。高く評価しているかのように。

「そうすれば、メンバー全員の名前、住所、顔——すべてが判明するだろう、ビエテ」

「それで、その潜入捜査員は……？」

「ああ。きわめて有能だ。あらゆる点で。国際的なレベルから見ても」

「つまり、わたしがいま突き止めた集まりに？　わたしたちのチャンスに？　あなたの……」

興奮しているのが手に取るようにわかる。

「……潜入捜査員が。エーヴェルトさん、となれば、正真正銘のチャンスです!」

電話越しに何かをメモする音。またしてもタイピング音。はやる気持ちを抑えきれずに続ける。

「今後は、役に立ちそうなやりとりは、見つけ次第すべて送ります。あなたの相棒が準備できるように。何時にここに来られますか?」

またしても夜。

またしてもエーヴェルト・グレーンスは目を覚ましている。

だが今度は、少なくともなぜ眠れないのかはわかっていた。

何時に来られますか？

本当なら彼女のそばを離れたくなかった。にもかかわらず、いまは六百五十キロメートル離れた別の国にいて、彼女と視線を合わせずに済んでほっとしていた。ビエテからメールが届くたびに苛立ちがつのる。小児性愛サークルのメンバーの身元を調べている彼女が、とんでもないやりとりを新たに発見するたびに。

05-10-2019 03:11:36 Message from 433228295: ロウソク

05-10-2019 03:13:02 Message from 135311671: で？

05-10-2019 03:13:24 Message from 433228295: 両端に火をつけて裸の身体にロウを垂らす
05-10-2019 03:14:07 Message from 135311671: 最高だ! あの子が準備を終えるまでにあと一週間はかかるな(笑)

エーヴェルト・グレーンスは、内なる感情が手に負えなくなったときのお決まりの儀式を始めた。

密室に閉じこもったゲス野郎め!

手始めにコーヒーテーブルを殴りつける。

その中でしか威張れないくせに!

立ち上がって、同じくらい力まかせに壁をぶっ叩く。

際限なく互いに焚きつけて! 互いに褒めちぎって!

指関節から血が出ると、今度はもう一方の拳で殴る。

おまけに、我が子をめちゃくちゃにするのがいかに上手か、交換日記さながらに書きこんでいる!

「どうしました?」

またもや廊下から声が聞こえた。

「エーヴェルトさん？　大丈夫ですか？」

ドアが開いた。掃除人。グレーンスが夜遅くまでソファーに寝転がっていると、よく声をかけてきて、ゴミ箱を空にして床に掃除機をかけながら言葉を交わす。

「ああ……大丈夫だ」

「叫んでましたよ。それに、その顔、ぶつけたんですよね？　とても見られたものじゃないです」

「いや」

「いいえ。大声で叫んでました。それに、たしかに怪我をしてます」

ロウソク。両端に火をつけて裸の身体にロウを垂らす。

グレーンスはすぐにドアを閉め、ふたたびひとりになると、あらためて自分のしたことを考えた。レアダル警察署で最初の事情聴取の録音を聞いていたときと同じように、無意識のうちに叫び声をあげていたのだ。

頭がおかしくなったのか？

警察官としての四十年間に遭遇したどんな人間の暴力よりも、この子どもたちに心をかき乱されるのは、いったいなぜなのか？

床が消滅して足場を失ったような錯覚に陥り、グレーンスは倒れないようにソファーに身を沈め、習ったとおりに腹式呼吸を試みた。

どうしても理解できなかった。

だが、現に両手の指は血まみれだった。

彼女から送られてきたものをもう少し読めば、落ち着くにちがいない。ある程度の慣れが必要だ。

次のメールは、追跡不可能なアドレスのひとつの送受信一覧だった。オニキスと名乗り、アメリカのどこかに住んでいるリーダー。権力構造を裏づける文書以外の何ものでもない。オニキスが小児性愛サークルの他のメンバーを誘導し、ルールを決めているのは一目瞭然だった——たとえば、発覚を避けるために暗号化するなど。

爆発しないよう感情を抑えながら読みつづけていると——なぜ彼が叫んでいるのか、訝しんでいる人は少なくないはずだ——またしてもビエテからメールが届いた。前置きで、グレーンスが潜入捜査員とともに到着するまで集中的に作業を続ける旨が記されている。そして今回送られてきたのは、新たに発見されたチャットの一部だった。大がかりな身元特定のパズルを完成させるための小さなピース。

グ、レ、ー、ン、ス、が、潜、入、捜、査、員、と、と、も、に、到、着、す、る、ま、で。

またしても訪れた。不眠症。

彼は自動販売機まで行き、いつものブラックコーヒーを二杯買った。どうせ起きているのだから、コーヒーでも飲んだほうがましだ。そして添付ファイルを読みはじめた。全二十ページに及ぶ、歪んだ世界からの新たなテキストメッセージ。

胸を衝かれたのは、十一ページを読んでいるときだった。

衝撃は上下に広がり、胃で感じると同時に脳が覚醒した。

ハンドルネーム〝スピリット〟――ビエテの注釈によれば、おそらく〝レニー〟と同一人物――のメッセージに、ここ最近、エーヴェルト・グレーンスがどうにか眠りにつくたび夢に現われる言葉が含まれていた。

14-08-2019 02:23:33 Message from 763923245: 白いワンピース、銀の靴、髪には青い蝶

髪には青い蝶。

その部分を、文全体を何度も読み返した。

スピリット／レニーからオニキスへのメッセージは、ラッシーに対する指示だった。送った衣類と装飾品、次の写真撮影で少女に身につけさせたいもの。

青い蝶。ついに。

リニーヤがつけていたピン留め。デンマークのカトリーナの部屋で人形の左耳の上に留められていたもの。すべてが始まるきっかけとなった写真に写っていた、世界にひとつしかない青い蝶。いまはこのオフィスのデスクの下段引き出しに入っている。小道具として使うために送られた装飾品。ここにきて発送者が判明した。場所も。サークルのメンバーのレニー、ビエテによれば本名ジェームズ・L・ジョンソン、居住地はロサンゼルスとサンフランシスコのあいだのどこか。

やっと。やっと。

やるべきことは、ひとつしかない。

ともに歩む道をぶち壊した暴力のせいで、いまだに顔が疼いているとしても。

グレーンスはソファーから起き上がると、コートをつかんで、クングスホルム通りに駐めてあった車へ急ぎ、そう遠くないセーデルマルム地区の五階にある小さなアパートメントへ向かった。つい数日前に訪れた場所だ。

「警部？」

ビリーは明らかに寝起きだった。前回と同じダメージジーンズに、くたびれたTシャツ。

「その格好で寝てるのか？」

「いつもじゃないですけど――そういう警部こそ、どうしたんですか？」

若者は、はるかに年上の男を見つめた。

「その顔、傷だらけで、絆創膏に青痣に――」

「力を貸してほしい」

「それより病院に行ったほうが」

「もう行った」

「まあ、好きにしてください。とりあえず中にどうぞ」

「いや、一緒に来てもらったほうが話が早い」

ビリーは驚いた様子ではなかった。おそらく他人のネットワークを介して、自身と同じくらい多くの問題を解決しているのだろう。彼が驚いたのは、車に乗ってしばらくしてから、グレーンスがコンピューターとは無関係の任務だと明らかにしたときだった。

「本当に？　ほかのことはほとんど知りませんよ。僕が自宅で仕事して、セブンイレブンに夕食を買いに行くときくらいしか外に出ないのはなぜだと思いますか？　世間の人が起きる時間に寝るのはなぜだと？　人と接するのが苦手なんです。だから九歳にして初めてコンピューター・プログラムを書いたんです。みんながサッカーをやったり、酒を飲んで酔っ払ってるあいだに、高度なプログラミングの陰に隠れていたんです。天才だからじゃない。一時期、同じように人付き合いが苦手な連中と、ハッカーグループに入ってたこともあります。でも、それも僕には向いてなかった」

「俺も……似たようなものかもしれない」

「だったら、なんなんですか？　コンピューターのことじゃなかったら」

「きみが苦手だと思ってることだ」

「冗談でしょう？」

「この件については、いっさい警察に知られるわけにはいかないんだ。俺がやってることを知っているのは、この国ではきみだけだ」

「警部、いったいなんの話です？」

「人間だ」

エンシェーデに着いて、ホフマン家の郵便受けの前でエンジンを切るころには、世界じゅうが深夜の闇に包まれていた。助手席に座ったまま、グレーンスが〝人間〟の意味を説明してくれるのを待っていたビリーは、その場所に見覚えがあることに気づいた。

「何年か前にここに来ましたよね？」

「正確にはこの家じゃない。だが、よく似た家だ。場所も同じだ」

「たしか人身売買に絡んだ事件で。見たこともないような難攻不落の暗号化を用いたコンピューターだった。いまならもっと速く侵入できますよ」

「みごとな記憶力だな。だったら、その家に子どもがいたのも覚えてるか？」

「いいえ」

「いたんだ。ふたり。いまは三人だが。上のふたりは男の子で、九歳と十一歳。その子たちのことで手を貸してほしい」

「どうやって？」

「ベビーシッターとして」

「ベビー……シッター？」

「俺がやってることを、ほかの誰かに知られるわけにはいかないんだ。つまり――もうひとつ借りができることになる」

ビリーは細い肩をすくめた。

「それも返してもらわないと。ぜったいですよ、警部。まあ、いいでしょう。どうせのんびりするつもりだったんです。ここでくつろいでも同じですよ」

時刻は午前二時四十五分、一日も経たないうちに二度目の訪問だった。

そのため、石畳を通って玄関のドアへ向かいながら、エーヴェルト・グレーンスは馴染み深い場所に来たような気分になった。

まずはノックしてみる。反応がないとわかると、呼び鈴に切り替えた。最初は短く、だが回を重ねるごとに、彼の人さし指は丸いプラスチックのボタンを強く長く押していた。

やっとのことで玄関の明かりがつき、ドアがわずかに開いた。

ソフィア。眠たそうに目を細めている。

「何かあったんですか？　あなたの身に危険が？　それともわたしたちに？」

「いや、そうじゃなくて――」

「それなら――お引き取りください」

彼女はドアを閉めた。が、閉まらなかった。グレーンスの靴の先が隙間に差しこまれていたからだ。

「あんたとピートに話を聞いてもらいたい。もう一度」

「いいかげんにして、エーヴェルトさん。いますぐ――」

「ママ？　どうしたの？　なんで怒鳴ってるの？　僕もヒューゴーも怒鳴っちゃいけないって言われてるよ。それに――」

ソフィアの背後にくしゃくしゃの頭が見えた。ラスムス。その頭を戸口にひょいとのぞかせる。

「エーヴェルトおじさん、そこで何してるの？」

「もう帰るところよ。すぐにね」

ソフィアは次男のほうを向いた。

「いい子だから、ベッドに戻りなさい」

「なんでおじさんは――ねえ、エーヴェルトさん、何があったの？」

「なんでもないんだ、ラスムス」

「でも、ボコボコにされてるよ！　なんで帰らなきゃいけないの、ママ？　怪我してて、しかも来たばっかりなのに」

「それは――」

「きみたちを起こしてしまったからだ。真夜中に。お母さんの言うとおりだ。だが、もしきみのパパとママが、ほんの少しでもおじさんを中に入れてくれれば、というよりも、おじさんたちを入れてくれれば……」

グレーンスが脇にどくと、その後ろからビリーの姿が現われた。

「……用事は片づいて、みんなベッドに戻れる」

ピートも下りてきていた。そのとき初めてソフィアは警部の痣だらけの顔に気づき、夫を見て、〝今朝の話は、きれいには終わらなかった。友情にひびが入った〟という言葉の本当の意味を悟り、ため息をついてグレーンスをキッチンに招き入れた。

ビリーを連れてきたのは正解だった。部外者の前では誰もが改まった態度を取りがちで、ピートもソフィアも敵意をあらわにすることはなかった。ふたりがもう一度だけキッチンでグレーンスの話を聞くことにしたのは、ビリーのおかげだったにちがいない。自分では人付き合いが苦手だと思っているビリーだったが、この場の状況は敏感に察した。エーヴェルト・グレーンスの目的、両親がそれを頑なに突っぱねていること、その態度を軟化させる手段が子どもたちであることを理解した。ビリーがグレーンスにはまったく理解不能なコンピューターゲームのことを口にすると、ラスムスはすぐさま自分の部屋に駆け上がって、ゲームが終われば寝るとまで約束した。そのついでにビリーはベビーシッターを申し出て、ピートとソフィアにも頑固な警部と一緒に行くことに同意させた。

車の中では誰もしゃべらなかった。

運転席のグレーンス、後部座席のホフマン夫妻と眠っているルイザの四人は、ストックホルムの暗闇の中を進むあいだ、ずっと黙っていた。どこへ、なぜ向かっているのかも尋ねなかった。カロリンスカ大学病院の近くでグレーンスがスピードを落とし、E4出口からソルナ教会通りに入るまで。

「何をするつもりなんですか、エーヴェルトさん?」

「もうじきわかる」

広大な墓地を覆っていたのは異なる種類の暗闇だった。グレーンスが入り口に車を寄せて降りるよう言ったとき、ふたりともまったく落ち着かない様子に見えた。ソフィアはピートに寄り添うように立っていた。だからささやき声だったのかもしれない。とはいっても、その口調は穏やかではなかった。

「もう一度訊きます。何をするつもりなんですか、エーヴェルトさん？」

「見せたいものがある。墓だ」

またしても彼らは無言で進んだ。ところどころ照明に照らされた、緑の芝生を長方形に切り取った道を歩く。ようやく足を止めたのは、つい数ヵ月前に掘り起こされた埋葬地の前だった。

「リニーヤ・ディーサ・スコットという少女は、四歳のときにスーパーマーケットで姿を消して、この八月に死亡宣告されたときは七歳だった。両親の話では、彼女が着ていたシマウマ模様のジャンパーは大のお気に入りで、家や屋内でもはおっていたそうだ。そして前髪を大きな青い蝶の形をしたピン留めで留めていた。これだ」

グレーンスは上着の外ポケットからピン留めを取り出した。デンマークの少女の寝室で人形がつけていたものだ。彼はそれを差し出してから、握りしめた——一瞬、金属のフレームを残して飛び去ってしまうような気がしたのだ。

「葬儀のときにここに来た。大勢の参列者がいた。棺の蓋の上に赤い薔薇を置くことができて、よかったと思っている。だが、じつを言うと、いまわれわれがここにいるのはそれが理由だ。棺の中には誰もいない。リニーヤは自分の埋葬に参列しなかった。要するに、ここにいなかったんだ。つまり、どこか別の場所にいるということになる」

ふたりは耳を傾けている。

グレーンスは彼らの注意を引いている。

彼はまさに説明するところだった。人混みの中で見知らぬ者の手を取り、永遠に姿を消した少女について。これ以上、娘のことを嘆き悲しむのに耐えきれなかった両親について。

ところが、遮られた。ソフィアに。

「あの子ですか？」

青ざめた顔、か細い声。

「あの女の子……新聞に載ってた？」

携帯電話はコートのポケットに入っていた。ソフィアはそれを取り出すと、検索画面に何やら打ちこんだ。ごく短いキーワードで、グレーンスは目を凝らしてのぞきこんだが読み取れなかった。ほどなく国内で最も多く読まれている朝刊紙の記事が表示された。

「これですか、エーヴェルトさん？　しばらく前の」

警部は老眼鏡を探し、彼女の指先に目を向けると、そこには墓の周囲に集まる大勢の参列者が写っていた。彼自身は見たことがなく――だがお膳立てをした――それを見たウィルソンが停職処分の根拠とした写真。

「この記事を読んで……エーヴェルトさん、この子なんですか？　わたしたちの家に置いていった、あの写真も文書も全部……ピートを潜入させて突き止めようとしていたのは……この子のことなんですか？　わたしたちをここに連れてきたのは、この子があのどこかに――あの写真の子どもたちの中にいるからですか？」

「それをピートに見つけてほしかった」

「だけどあなたの考えは？　この子はあそこにいるの？」

「わからない。その可能性はある。俺にはそれでじゅうぶんだ」

「わたしが知りたいのは、どうしていま、あの写真と文書をピートに渡したのかということです。なぜそんなに急いでいるんですか？　なぜいまなんですか？　とつぜん真夜中にわたしたちを連れ出すなんて」

「俺の考えが正しければ、あと三日半しかないからだ。大きなチャンスを活かすには」

「そのためにピートが必要だと？」

「彼の存在が鍵を握る」

あいかわらずソフィアは青ざめていた。

けれどもグレーンスを見つめると、やや落ち着きを取り戻した声で話しはじめた。

「わたしがあの記事を読んで、新聞の写真を――お墓や参列者の写真を見たのは、事件のことを覚えていたからです。あの女の子を知ってるから」

ソフィアは夫の手をつかみ、強く握りしめた。

「リニーヤ。それがあの子の名前です。新聞には載ってませんが。ラスムスと一緒だったんです。同じ就学前学校《プレスクール》で。ヒューゴーとは一緒じゃなかった。あの子はちょっと上だから。でも、わたしたちは彼女を知っています。家族も。当時は近所に住んでいたんです」

ソフィアは掘られたばかりの墓に目を向けた。

「みんな……あの失踪はひとごととは思えなかった。あの一家のまわりにいた誰もが。親身になって、精いっぱい慰めました。でもしばらくして、引っ越してしまったんです。ある日とつぜん。いっさい連絡を断って。耐えられなかったんだと思います……過去にとらわれて生きるのに。いまは町の北部のほうで暮らしていると聞きました」

エーヴェルト・グレーンスはゆっくりとうなずいた。

「北西部だ。瀟洒な住宅街の瀟洒な家で」

「双子の男の子をよく覚えてます。ヤーコプ。あの子はかなり落ちこんでいました」

「いまでも落ちこんでいる」

ソフィアは胸を痛めた。グレーンスにはそれがわかった。

「あんたたちをここに、この墓に連れてきたのは事情を理解してもらうためだ。だが、これとは別の墓も見てほしい。もうひとりの四歳の少女の墓だ。同じ日に行方がわからなくなって、同じく棺には入っていない」

なぜ話を続けているのか、なぜそんなことを言うのか、グレーンスは自分でもわからなかった。この件とは関係ないというのに。とにかくピートに承諾してもらいたい一心だった。

「両方の墓を見たら、そのあとで……俺の娘もここにいる」

「娘？」

自身の眠っている幼い娘をちらりと見てから、ピート・ホフマンはグレーンスの視線を受け止めた。

「そうだ」

「そんな話は初耳です」

「いま話している」

今度はピートがソフィアの手を握りしめる番だった。

「そこに……いまさら俺の答えは変わりませんが、エーヴェルトさん、そこに俺たちを連れていきたいんですか？　それならもちろんご一緒します。どこです？」

グレーンスは砂利道に目を向けた。

「わからない……向こうの記念樹だと思う」

「思う？」

「行ったことがないんだ」

彼は地面に足をこすりつけた。ゴムの靴底に小石がはさまっている。だが、結局は手で取るはめになった。

「ずっと……数カ月前に行こうとしたが、途中で挫折した。たどり着けなかった。もっとも、アンニの墓を訪れるまでにもずいぶん時間がかかったが」

「一度も……行ったことがないと？」

「ああ」

「どういう……いつ？」

「三十年以上も前の話だ」

エーヴェルト・グレーンスはふたりを見つめた。目をそらさずに。

「それで——答えを聞かせてくれ、ピート」

「今回は自分が適役だとは思えません」

「危険な目に遭うことはない。せいぜい家に戻って、数日間、警察の出張費を無駄にする程度だ」

「聞こえなかったんですか？　俺は適役だとは思えない。そうした類の潜入捜査員じゃないからです」

「ピート、俺は生まれなかった娘を見捨てた。一度は引き受けたザナも見捨てた」

ホフマンは覚えていた。グレーンスも忘れられなかった。暴力に直面した、もうひとりの少女。ふたりが最後に協力した際に、ともに行方を捜し求めた少女。

「もうこれ以上、俺を必要とする少女を見捨てるつもりはない」

ピートは答える機会を逸した。代わりにソフィアが答えたからだ。

「もうここでの用は済んだと思います。もうひとつのお墓を見る必要はありません。あなたの娘さんのも」

「だが――」

「少し時間をください、エーヴェルトさん」

ふたりは墓地の暗がりのほうへ歩いていき、やがてその姿は闇に紛れた。それでも、彼らの身振りから推測すると、彼女はこう言っているようだった――ピート、あなたがこれまでやってきたばかげた潜入捜査の中で、これは唯一理にかなったものよ。それに対してピートは反論しているようだ――もうやめると約束したはずだ、ソフィア。うまくいったためしがない。すると彼女は言い返す――行方不明になった女の子たちは、いま眠っているかわいいルイザとほんの数歳しか違わないのよ。やがてふたりが戻ってきて、ソフィアはこう尋ねた。青い蝶が空の棺の少女の生存を示しているとなぜ確信できるのか、と。グレーンスは答えた――確信はしていないが、ここでやめるわけにはいかない。あの封筒に写真が入っていた、すべての子どもたちのために。

「そういうことなら」

ソフィアはまずグレーンスを見て、それから夫に視線を向けた。

「もう一度だけ、ピート」

「ソフィア、さっき言ったことは本当だ――俺は、こういった類の犯罪ネットワークに適した潜入捜査員じゃない。それに、きみにも約束した。どうなるのかは、お互いにわかってるだろう」

「リニーヤのために。わたしのためにも。それから……」

ふたりは同時にルイザを見た。ベビーカーの中で、赤ん坊は何やら声を出しながら寝返りを打ち、軽くいびきもかいている。

「……エーヴェルトさんに見せられたあの写真の中にリニーヤがいるなら、あの子がまだ生きている可能性が少しでもあるなら——もしそうだったら、引き受けて、ピート。お願い、行って」

第四部

誰かから隠れるのではない
誰かの中に隠れる

レアダルの駅の重いオークの扉を開け、雨をたっぷり含んだ空気を深く吸いこむと、エーヴェルト・グレーンスは思いがけず心が落ち着くのを感じた。ストックホルムに比べると、はるかに小さな町だからかもしれない。それとも、アーランダ空港から電話をかけ、いまから向かうと告げたときに、ビエテがとてもうれしそうだったからか。あるいは、ひとりで列車を降りたのではなく、ピート・ホフマンと一緒だったからか。約束は守った。もう引け目を感じる必要もない。

あのあと、墓地ではほとんど言葉を交わさなかった。

子どもは家で安心して両親に抱きしめられるべきなのに、その家が恐怖の部屋と化してしまう現実があることは、説明するまでもなかった。幼少期の虐待の記憶とともに生きなければならず、それがまた起こるかもしれないという恐怖から完全に逃れられない男女のことも。インターネットに公開された過去の写真は永久に消えず、小児性愛者のあいだでやりとりされるため、終わりのない犯罪だということも。その後、ホフマン家の玄関で、ピートが子どもたちに別れを告げるために木の階段を上っていくと、グレーンスも後に続いた。そして頬にキスをされたり、枕を直してもらったりした三人の子どもが、それぞれ異なる反応を示す様子をドアのところで見て、心が温まるのを感じた。ベビーカーからベッドに移されたルイザは、一瞬目を覚まし、またしても寝返りを打った。ラスムスはグレーンスの記憶にあるとおり深い寝息を立て、父親がそばにいることにも気づかないほど眠りこんでいた。それに対して、ヒューゴーの不安は一目瞭然だった——汗をかいて泣き叫び、誰もいない暗がりに向かって手を突き出す。ピートは一瞬、部屋の入り口にいる警部を振り返り、ふたりの脳裏にソフィアの言葉がよみがえった——この子どもたちの年齢は、あの封筒に入っている写真の子どもたちと変わらない。

空港へ向かう車の中で、ふたりは身動きも取れないまま、前の座席に肩を並べて座っていた。クローゼットの中での殴打や、どす黒く腫れあがった顔についてはいっさい触れなかった。一方で、自身の過去、いつか墓参りをするかもしれない娘の存在を打ち明けたにもかかわらず、グレーンスが恐れていたほど気まずさは感じなかった。

飛行機でも列車でも会話はほとんどなく、ホフマンはサークル内のチャットの記録を読み、ビエテが探し集めた写真を仔細に眺め、目下勾留中の継父と母親に対する事情聴取と、自治体の施設に保護された少女との面談の音声ファイルに耳を傾けていた。説明は必要なかった。言葉では説明できなかったからだ。他のいかなるものとも共通点のない犯罪。外ではなく、内に向けられた暴力。それが、この任務——小児性愛者の秘密サークルに潜入し、リーダーの正体を暴き、全員を収監するための証拠を確保すること——がピート・ホフマンの過去のいかなる任務とも本質的に異なる理由だった。

ふたりが小さな警察署の入り口から入るなり、ビエテがグレーンスを思いきり抱きしめた。昔からの知り合い、あるいは長らく会っていない知り合いにするかのように。グレーンスは悪い気はしなかったものの、少し落ち着かなかった——この場合、自分はどちらにも当てはまらないからだ。

彼女はピート・ホフマンに手を差し出した。

「はじめまして、ビエテです。お待ちしていました。あなたが実在の人物ではないのかと思いはじめていたところです」

彼女はグレーンスをちらりと見た。調子のいいことばかり言う類の男だとわかっていたのだ。ホフマンとともに来ることができてよかったと、グレーンスはあらためて胸を撫で下ろす。

「ようやく姿を現わしたというわけだ。となると、俺の隠密活動はどうなる？　上司の承認なしの、中途半端に終わった活動は」

ビエテはにっこりした。

「延長を考えてみましょう」

彼女は給湯室から予備の椅子を持ってくると、小さな部屋のドアを閉めた。非公式のスウェーデン人がふたりに増えたいま、そこが一時的に非公式の連絡センターとなった。

「あなたからこちらに向かっていると連絡があってから、検索を中断して、もうひとりの身分を隠したがっている人物について調べてみました。そして公表されている情報の大半と、スウェーデン警察がひた隠しにしている情報の多くを集めました。あなたについてです、ホフマンさん」

ピート・ホフマンは驚くと同時に気に障ったようだった。

「評価されるためにここに来たとは知らなかった」

ビエテは向きを変え、パソコンの二台のモニターの画像を切り替えた。

年齢はさまざまだが、似たような構図のピート・ホフマン。

警察の犯罪者登録簿、国家裁判所管理局の判決記録、刑務所の受刑者名簿。

「エーヴェルトさんはあなたのことを〝優秀な潜入捜査員〟だと言っていました。正確には〝最高の潜入捜査員〟だと。彼が言い忘れたのは、あなたが犯罪者として潜入捜査を行なっていたことです。スウェーデンでは犯罪者の潜入捜査が禁止されているというのに」

「いまの俺は犯罪者でも潜入捜査員でもない」

「知っています。でも、グレーンスさんの現在の様子を見ると、あなたはいまでも戦闘に長けているようですが」

ふたりともグレーンスの顔を見た。腫れあがって、まだら模様になっている。

「グレーンス警部の指示どおりに行動してもらえれば、わたしとしてはまったく問題はありません、ホフマンさん。けっして口外しない。アメリカ当局に対して、部外者が彼らの縄張りに侵入して、彼らの管轄の犯罪を解決することを知られないようにする。わたし自身、外国の警察は信用していません。買収された警察官のせいで捜査が崩壊したこともありました。今回はグレーンスさんという、ただでさえ非公式の指導者《ハンドラー》がいる——でも、それも向こうに潜入することとは関係ありません。スウェーデンの司法制度の保護はなく、捜査の根拠もきわめて弱い。アメリカからスウェーデン当局に問い合わせがあれば大問題になります。無許可のフリーランスの捜査員。しかも、よりによってその国で以前から指名手配されている」

そう言って、ビエテはうなずいた。

そのとおりだった。

彼女はそのことも突き止めたのだ。

「したがって、全員の了解を得ておきたいのは、あなたとわたしと国家捜査局は互いに無関係だということです。わたしとグレーンスさんが無関係であるのと同じように」

ピート・ホフマンはエーヴェルト・グレーンスを見た。

「いつもどおり、ですね？」

「そして、とくに……」

ビエテはさらに写真をクリックする──例の重警備刑務所の人質騒動の写真だった。

「……最悪の事態になった場合、つまり最終的にデンマーク警察の介入が必要になった場合は、あなたのことはまったく知らないと証言します」

ホフマンはまたしてもグレーンスを見やる。ふたりともあの場にいた。人質事件。正反対の立場で。スウェーデン警察が潜入捜査員を見捨て、刑務所に閉じこめたまま正体を暴露したときに。

警部はうなずいた。

「ああ。おまえの言うとおりだ、ピート──いつもどおり」

「それなら……」

ホフマンはデンマーク人のＩＴ専門家に向き直ると、ふたたび彼女の手を握った。

「……了解だ。もう一度だけ、潜入する。うまくいかなかったら、あんたとは二度と会わないし、助けも求めない」

ピート・ホフマンがラッシーのIDで小児性愛サークルのサイトにログインするに当たり、ビエテとグレーンスは、拘置所のハンセン夫妻が外の世界と接触できないことを確認する必要があった。同時に、新聞、ラジオ、テレビ、インターネットから彼らに関する情報が漏れないようにする。夫妻の逮捕は公表されていないため、あの顔のないコミュニティにも知られていないはずだ。

傍から見れば、ホフマンは冷静だった。しかし内心では、これ以上ないほど混乱していた。

プロの潜入捜査員として、彼はつねに無敵だと自負していた。ふたつの嘘がより望ましい真実を生み出すことを知る操る者《マニピュレーター》。あまりにも多くの嘘を、あまりにも巧みに重ねたために、どこで嘘が終わり、どこから真実が始まるのか見分けがつかなくなった者。信頼と自信を獲得しつつ、犯罪組織を破壊する段になると、積みあげたものを未練なくかなぐり捨てる男。けれどもいま、デンマークの片田舎のみすぼらしい小さな警察署で座りながら、そうした自身の比類のないスキルや経験は役に立たないことに気づいた。これまでにスウェーデンのマフィア、コロンビアの麻薬カルテル、リビアの人身売買集団、アルバニアの武器密売グループに潜入した——にもかかわらず、途方に暮れていた。

数年間のブランクのせいではない。いまの自分に失うものがあるからでもない。そのためにこうした人生を送ることが困難になるのは確かだったが。

そうではなくて、単にこの種の人間が理解できないのだ。

こうした行動や思考パターンは、彼が育ち、暮らし、生き抜いてきた脅威と暴力の文化とはあまりにかけ離れていた。

それがホフマンだ。彼はそういう人間になった。

「どうした？」

ビエテがトイレに席を立つと、エーヴェルト・グレーンスがのぞきこんだ。

「なんでもありません」

「いや、何かあっただろう」

ピート・ホフマンは混乱や困惑をおもてに出さない自信があった。自分の真の姿を知らない人々に溶けこむのは得意だ。

だが、グレーンスは知っていた。

「ピート？」

ホフマンは肩をすくめた。

「犯罪者を演じるのは、まだいいんです」

なぜだかわからないが、ささやき声で告げる。

「そうするときは、どう考えればいいのかがわかります。他人がどう考えるのか。危険はどんな形をしているのか。だから攻めることも逃げることもできる。でも小児性愛者を演じるのは……無理だ。俺にはできない。うまくいくはずがない。ソフィアもあなたも、ときには俺自身、どこまでが自分の限界なのか疑問に思っていた。それを超えたらどうなるのか。いま、気づいたんです。これが限界だと」

ホフマンは左のモニターをあごで示した。

「それです」

小児性愛サークルのメンバーのハンドルネームを記した図。数名は本名も付記されている。

「俺にはできない……奴らのひとりになりすますなんて。ここに座って、子どもに何をしたいのか、どうやって徹底的に傷つけたいのかを書いた偽のメッセージを考えるなんて。

悪いが、グレーンスさん——俺には荷が重すぎます」

「三日間。それまでに準備万端の状態にしなければならない」

「そのとおりです。あまりにも短すぎる……」

ホフマンは画面に背を向けた。

「……狂気の沙汰だ。リーダーの信頼を得る。その間にほかのメンバーを特定する。と同時に、仕事に必要なものをそろえる」

「狂気——だが、それが現状だ。その間にも、ピート、時間が刻々と過ぎるあいだに、さらに多くの子どもが虐待されているんだ。そして時間切れになれば、うまくいけばおまえが参加するはずの集まりで、さらに多くの子どもが虐待される。そのうえ——」

「もうたくさんだ」

「——次のチャンスを待つはめになれば、さらに多くの子どもが虐待される。しかも——」

「言っただろう、もうたくさんだ！」

「何がたくさんなんですか？」

ふたりともビエテが戻っていることに気づかなかった。だが、彼女のほうは緊迫した空気に気づいた。

「むしろ足りないんだ、時間が。そこで提案がある」

ピート・ホフマンはまたしてもささやき声で話していた。声を出すのが困難であるかのように。

「警部に説明したとおり、この下劣な連中と、子どもをレイプする最良の方法について話すなんて耐えられない。俺はこれまであらゆることをやってきた——死体にタトゥーを彫って、剪定バサミで自分の指が切断されるのを見て、ジャングルの真ん中で、檻に入れられた人たちを電気と有刺鉄線で拷問にかけた——警察が組織犯罪を一網打尽にするために。でも、これだけはできない。そこで、俺が苦手なことをして全員の時間を無駄にするよりも、分担することを提案したい。時間を効率的に使うんだ」

ビエテが腰を下ろしてうなずいた。聞いている、と伝えるかのように。

「独り暮らしか？」

「えっ？」

「ビエテ——あんたは独身か？」

彼女はホフマンをまじまじと見た。次にグレーンスを見る。それから答えた。

「ええ」

「自宅はコペンハーゲンに？」

「そうだけど」

「それなら、アパートメントを貸してほしい」

彼女はまたしてもためらった。が、長いあいだではなかった。デスクの脇の床に置いてあるバッグから鍵を取り出す。

「ソマステゲーゼ二十四番地。四階。フィスケトーウまで十分、ヴェスタブロゲーゼまでも同じくらいの距離よ」

彼女は鍵を渡しかけたが、手を放さなかった。

「猫を飼ってて、近所の人が餌をあげてくれているの。誰にも邪魔されたくなかったら、自分でボウルに餌を入れて。ツナがいいわ。それから新鮮な水も」

鍵は彼女の手を離れた。ホフマンはそれをズボンの縦長のサイドポケットに滑りこませた。

「俺がそこで実際の潜入に何が必要かを考える。その間に、グレーンスさんはラッシーになる。そしてビエテ、あんたは引き続きメンバーの身元を調べる」

彼は立ち上がると、椅子の背に掛けてあった上着をつかんだ。

「三本の同時進行――それがわれわれにとって、いちばんの時間の有効活用だ。そうすれば間に合うかもしれない」

ホフマンはすでに歩き出していた。

「準備に一日かかる。そして、その集まりがカリフォルニアのどこかだと仮定すると、移動に一日——いまさっき、ぎりぎりの便を予約した。明日の午後二時発だ」

ドアのところで彼は振り向いた。

「つまり残り時間は、ちょうどあと一日。二十四時間——いま始めれば」

火曜　午後二時一分（残り二十三時間五十九分）

ホフマンが出ていくと、小さな警察署には心地よい静寂が訪れ、そのことにエーヴェルト・グレーンスは驚いた。いつもなら人との距離感に気まずい思いをするが、いまはビエテからわずか一メートルの場所に座り、彼女と同じくパソコンの画面に集中している。何を言えばいいのか気を揉むこともなかった。人見知りの性格や年齢差を隠すための無意味な言葉は必要ないからだ。デンマーク人のIT専門家は、グレーンスが秘密の小児性愛サークルが存在するデジタルの宇宙にログインするのを手助けし、ラッシーのIDでサイトを操作する方法を教えた——それがグレーンスの任務だ。性的虐待や強要について、いかに疑われずにやりとりできるかは、いまや彼の肩にかかっていた。ホフマンが忍びこむための扉《ひら》を開けるかどうかは。

火曜　午後二時十分（残り二十三時間五十分）

時計とにらみ合いながら仕事をする際に、他人が間近にいると、ビエテはいつも落ち着かない気分になる。だが、自身のパソコンと向き合っているスウェーデン人の警部の場合は違った。何しろ彼は、およそ社交儀礼というものを欠き、最も基本的な暗黙の社会ルールを理解しているようには見えず、雑談も下手だったからだ。雑談の存在すら知らないのかもしれない。おかげで、気を散らされることはなかった。余計な意見をはさまれることも。親しげに肩に手を置かれることも。ルームメイトとしては申し分ない。人生のパートナーとしては、それほどではないにしても。

ビエテは伸びをして、マウス肘を防ぐために、いつものように空中で両手をぶらぶらさせた。

サークル内の十名の身元を突き止める。

それ以外の、ハンセンと直接のつながりがある十一名を突き止める。

それがこの二十四時間の自身の任務だ。

すでに一部は判明している――〝マイヤー〟はドイツ人で本名ハンス・ペーダー・シュ

タイン、〝レニー〟はアメリカ人で本名ジェームズ・L・ジョンソン、〝シャーロック〟はイギリス人で本名ジョン・デイヴィッズ、〝フレンド〟はイタリア人で本名アントニオ・T・フェッラーラ。そして、もちろん〝ラッシー〟はデンマーク人カール・ハンセンのハンドルネーム。残りの名前を突き止めるのも時間の問題だろう――調査や分類の大半はすでに完了している。したがって、グレーンスがこのまま静かに座っていてくれれば、そして自分が睡魔に負けなければ、理論上、時間内に任務を終えることはまだ可能だ。

火曜　午後二時四十三分（残り二十三時間十七分）

列車が数キロメートル走って速度を上げはじめると、一等車の車内で、ピート・ホフマンは座席ポケットに入っていたパンフレットの裏表紙を破り取ってメモを取った。振動で乱れないように大きな文字で。

手荒な抱擁
片栗粉
市民

鳥用GPS
USBカメラ
半袖シャツ
電波妨害装置

彼は紙を折りたたんだが、ふたたび広げて

ツナ

と書き加えると、ハンティングジャケットのサイドポケットに突っこんだ。最後の一項目は、潜入捜査員の任務の成功にはあまり関係ないかもしれないが、ビエテにとっては大事なことだ。彼女はどこかグレーンスに似ていた——群れをつくらず、定められた手順を守ることに満足する。続いて、ホフマンは周囲に誰も座っていないことを確かめてから、電話を三本かけた。一本目は、ストックホルムのセーデルマルム、静かなホーガリード通りと活気のあるロングホルム通りが交わる角にある小さなスタジオ。普段は映画の仕事をしているメーキャップアーティストで、ホフマンが知るかぎり最高の腕前を持つ。二本目の電話は、コペンハーゲンの中心部イステゲーゼ、小さな丸窓のあるじめじめした地下室。彼が裏社会に身を置いていたときに知り合った、大勢の〝駅長〟のひとり。そして最後の三本目は、自宅だ。離れたとたんに恋しくなった家と家族。おそらく彼がいなくなったことにも気づいていないだろう。子どもたちは日を追うごとに自立している。じきに自身の道を、自分なりの家族との関係を模索するにちがいない。

ニュークビン・ファルスターを出発した列車が首都の中央駅に到着すると、ホフマンは忘れずにスーパーマーケットに寄り、ビニール袋にいっぱいの缶詰を仕入れてから、ビエテにメモしないよう念を押された住所へと向かった。彼を出迎えたのは、青い目をした白い猫だった。猫は最初にツナをねだり、次に跳ねるボールで遊びたがった。ホフマンは最小限の荷物をビエテのベッドらしい場所に置いた。やはり思ったとおりだった――そのアパートメントは、ストックホルムのグレーンスの自宅と同じくらい孤独にあふれていた。実際に選ばれたわけではなく、みずからに課した類の孤独だ。

最初の目的地――コペンハーゲン中心部の地下室――へ向かう途中、容易ではない任務にもかかわらず、気がつくとホフマンは鼻歌を歌っていた。この街は居心地がよい。昔からそうだった。破壊的に生きていたころでさえ。人、家、空気――数十キロメートル離れた海峡の向こう側の街よりも、はるかに暮らしやすかった。紙コップに入った氷水と、ナプキンに包まれたレバーパテとオニオンリングのスモーブロー（デンマークの伝統的なオープンサンド）を手に、ホフマンはヘルムトーウの石畳を歩いていく。イステゲーゼの地下室に着くと、インターホンを鳴らし、〝さっさと入れ〟の声を待った。やがてカチャッという音とともにドアの鍵が開くと、階段と煙草の悪臭に出迎えられた。もはやコペンハーゲンのカフェには漂っていない煙が、残らずここに集められたかのように。靄の中に、広い貯蔵室の奥にいるソンニィの姿がかすかに見えた。この街の〝駅長〟だ。

「ピート・コズロウ・ホフマン！　えらく久しぶりじゃないか」

彼の腕が伸びてきて、三流のギャングがやりそうな手荒い抱擁をする。そしてソンニィは、ほとんど訛りのないスウェーデン語に切り替えた。北欧随一の仲介者になると決意していなければ、その言語能力で大儲けできたかもしれない。

心のこもった抱擁は、煙草の煙の臭いと昨日のワインの香りが混じり合っていた。

「本当に足を洗ったのか？」

「嘘じゃない。本当だ」

「それでもまだ助けが必要なのか？」

ストックホルムでは、ロレンツという男が車のトランクをオフィスにしていた。ボゴタでは〈スーパーデリ〉店内のガラスの檻に座っていたセサル。チュニスでは、〈ル・グラン・カフェ・ドゥ・テアトル〉の黄色いパラソルの陰になったテーブルに陣取っていたロブ。この街ではソンニィが駅長だ――自身の駅、すなわちブツが新たな持ち主の元へ向かう途中に留まる場所を管理する仲介者。

「例外もある。あと一度だけ」

「ヴェストレ刑務所にいる連中と同じだな、ピート――あと一度だけ」

「本気だ」

「奴らもそう言う」

葉巻煙草《シガリロ》。ソンニィはそれを吸っていた。もう一本に火をつけ、二本同時にくわえる。

「急ぎか？」

「明日の朝までに必要だ」

「パスポートも、ピート？」

「ああ。いつもと同じく」

「いつもと同じなら――名前を選ばなければ――いますぐ用意できるが」

「名前は決まっている」

「容姿は？」

「写真を送る」

「武器は？　ほかの買い物リストの定番品は？」

「そろえておいてほしい――あらかじめ。向こうに着いたときに」

「あいかわらず無理難題を言うな」

「それで報酬を受け取っているんだろう」

「そのとおりだ」

またしても手荒な抱擁。階段を上った先には、港やバルト海から流れこんでくる湿った空気。散歩、冷えたビール、仮眠、その後カストルプ空港で、ストックホルムから最も早い便で来る彼女と合流する。

火曜　午後五時三十二分（残り二十時間二十八分）

新たにキーを打つこと、新たにチャットのメッセージや画像をダウンロードすることは、すなわち差し迫った危険を意味する。デジタルの世界では、たとえ自身の足跡を隠す専門家でも、なんらかの痕跡を残すものだ。サークルのメンバーが、彼らの閉ざされた世界に何者かが侵入したことに気づけば、たちまち警報が鳴らされ、証拠はすべて破棄されるだろう。それでも彼女に選択肢はなかった。各国の法執行機関と連携して、一斉に強制捜査を実行するためには、全員の身元を突き止める必要がある。

ビエテがひそかに喜んだのは、その成果を得たからだった。一度だけではなく二度も。ローナ、ホリー、デニスと呼ばれている三人の子どもに関する情報を集めるうちに——その悪質なレイプの画像が、粗雑な作りのウェブサイトを介して一回につき百ドルでダウンロード可能になっていた——〝クイーン・メアリー〟が子どもたちの母親のジェニファー・ジャクソンという女で、アメリカのコロラド州グランドジャンクションに住んでいることを突き止めた。そして、彼らのチャットからの情報を相互参照した結果、ハンドルネーム〝ジョン・ウェイン〟——自身の子どものレイプ画像を同じ方法、同じ価格で宣伝している人物——がイギリス、ブライトンのデイヴィッド・パクストンだと判明した。

火曜　午後六時十四分（残り十九時間四十六分）

短い休憩をはさんで、エーヴェルト・グレーンスがふたたび小児性愛者のラッシーとしてログインするなり、サークルのメンバーも外部の接触者も、ハンセンがいっさい通信手段のない状態で拘置所に収監されている状況は知らないことが明らかになった。カトリーナの過激な虐待映像のこと細かな注文が三件、対応待ちの状態だったのだ。

ラッシーの返信——つまりグレーンスの返信を。

警察官としての四十年間でも最悪の任務だった。二重殺人や三重殺人の捜査に当たり、腐りかけた死体がぎっしり詰まった輸送コンテナを開け、茶色いネズミに噛み砕かれた死体をつなぎ合わせ、処刑を目の当たりにしたこともある。だが、いま抱いている嫌悪感は比べものにならなかった。ホフマンが拒んだことをしなければならないからだ——小児性愛者のように答え、小児性愛者になりきると同時に、現実の世界で集まるための根回しをする。マイヤーと名乗る男、あるいはレニー、サークルのリーダーのオニキスにも接触する。グレーンスがラッシーとして集まりを提案すれば、疑念を持たれる恐れがあるだろう。これまでのチャットでは、率先して要求を出していたのはいつもほかのメンバーで、ラッシーはもっぱらそれに応じ、商品を提供する側だったからだ。

「あんたはこんなものばかり見つけているのか……四六時中？」

話しかけるべきでないのはわかっていた。ビエテは静寂を好む。だが、こうしてサークルのメンバーの依頼に必死に応えていると、自分と同じようにまともな考え方をする相手と言葉を交わしたくなる。

「今回はちょっと違うんです。暴力の程度の話じゃなくて、彼らが現実の生活でお互いに子どもを交換しているという点で。とはいえ、画面越しにレイプをするような連中には四六時中遭遇します」

グレーンスは振り向かなかった。顔を合わせれば会話が長引き、それだけ彼女から答えを得るチャンスが失われる。だから、ふたりは互いに背を向けたまま話していた。

「あの最初の写真を持ってきた同僚は、ヴァーナルというんだが、彼はすべて書き留める時間が足りないほど見つけると言っていた。一週間に見つけるスウェーデン人は、優に百人を超えるらしい」

「わたしは一週間に、優に百人を超えるデンマーク人を見つけます」

「どうしたら追いつけるんだ？」

「無理です、追いつくのは。ぜったいに。たとえ今日以降、人員を残らず注ぎこんだとしても、すべて調べることは不可能でしょう。それでも、あきらめるわけにはいかないんです、グレーンスさん。ほんの一瞬でも……ドラッグのようなものです。わたしたちがどれだけ努力しようが、彼らが消えてなくなることはない。でも、わたしたちはやりつづけるしかない。そうしなきゃいけないからです。わたしたちは、わたしは、ほんの一瞬でもそれが無意味だと思うわけにはいかないんです」

火曜　午後七時七分（残り十八時間五十三分）

ビエテはもはや聞いておらず、グレーンスに何かを訊かれたが答えなかった。だが、彼は気にしていないようだった——少しばかり絶望を追い払えれば、それでじゅうぶんだった。たとえ新たな絶望に場所を空けるためでも。

各国の同業者どうしの非公式なネットワークのおかげで、別の新たな身元を突き止められそうだった。

前回と同じように、そこからさらにもうひとりと、芋づる式に判明するだろう——結果的に、一時間もしないうちに新たに三名を特定した。

ハンドルネーム〝ロリポップ〟——娘のクロエとセリーナをみずから暴行したあげくに他人にも暴行させ、デンマークのカテリーナにあの金のスパンコールのドレスを送った人物——の本名はジャン＝ミシェル、スイスのチューリッヒ在住。サンドラ、ラーエル、フランクの三人の子どもがいる〝グレゴリウス〟は、ベルギーのアントワープ北部の閑静な郊外に住むマルツ・メヘレ。そして、ヤンとトーマスというふたりの息子がいる〝マリー・アントワネット〟は、オランダ東部のズヴォレ出身のステファン・ウィレムスだとすぐに判明した。この三名は、閉鎖的なサークル内で画像を交換するだけでなく、おそらく他のプラットフォームで、もっと大規模に販売していると思われた——実際にはかなり贅沢な暮らしをしているにもかかわらず、三人とも納税申告では所得を少なく申告している。

これでサークルの半数のメンバーと、ハンセンと個人的にやりとりしている外部接触者十一名のうち、五名の氏名と住所が判明した。

まだ時間はある。

火曜　午後九時二十一分（残り十六時間三十九分）

彼女は一方の手に重い革鞄を持っていたが、カストルプ空港の到着ロビーを軽やかな、ほとんど跳ねるような足取りで進んできた。これまで仕事を頼んだなかで最高の腕前を持つメーキャップアーティストは、ホフマンの連絡を受けると、セーデルマルムのスタジオからアーランダ空港へ直行して、次の便に飛び乗った。彼女は心に残るような笑みを浮かべて顔を近づけ、ホフマンは急いで来てくれたことに感謝した。

「で、今回は、ピート？」

彼女は——いつもと同じく——緊急事態だと察し、空港へ向かうタクシーの中でさっそく仕事を始めていた。

「とりあえず電話で言われたとおり、髪の色は普通とダークブラウンのあいだ、目は栗色、無精ひげ、明らかなかぎ鼻——これだけは用意してきたわ。だけど、それ以外は？　年齢は前回と同じくらい？　少し太らせる？　肌は荒れた感じ？　傷は？　目立った特徴は？」

「今回は俺が決めるんじゃない。この男だ」

ピート・ホフマンは、デンマークのパスポート登録簿から入手した写真のコピーを広げた。

「三十七歳。身長百八十五センチ。体重八十四キロ」

彼女はそのぴくりとも動かない写真の顔を見つめた。

「誰なの？」

答えは期待していなかった。ピートがいっさい説明しないことには慣れていた。潜入捜査員である以上、説明できないからだ。誰も信用しない。正体がばれることは、すなわち死を意味するため、つねに危険にさらされている。それでも尋ねた——マスクの目的、それが使われる状況を知ることは、彼女の仕事の土台となる。

「小児性愛者だ」

ホフマンが答えると、彼女は思わずたじろいだ。何か間違ったことが起きたかのように。

「性的虐待の加害者。きわめて悪質な虐待をしてる」

今回はこれまでとは訳が違った。いままでのように、脅迫、暴力、大人の死が渦巻く犯罪組織に潜入するのではない。未知の世界を捜しまわるのだ。人間の外見を変える仕事に携わる者は、外側と内側がうまく溶け合うように、できるかぎりその人の内面を知りたいと考える。ホフマンはそのことを理解していたので、これまでとは行動パターンを変えた。

「ありふれたデンマーク人の名前——カール・ハンセン。ごく普通の田舎町——レアダル」

タクシーの運転手に聞かれないように、言葉を付け加えるたびに声をひそめる。

「継父。小児性愛サークルのメンバー。つい最近、収監された……」

タクシーがジーランド橋を渡って市内に入ると、ホフマンは窓越しに指をさした。

「……あと五分、向こうのほうだ」

彼が返事をしたことに驚きながらも、彼女は窓の外を見た。少しずつわかってきた。今回のホフマンの変装は目的が違う。誰かから隠れるのではない。誰かの中に隠れるのだ。

火曜　午後九時五十五分（残り十六時間五分）

　小児性愛者のラッシーとして、さらに二件の不快なチャットメッセージを受け取って返信したとき、ポケットで携帯電話が振動しはじめた。知らない番号だ。エーヴェルト・グレーンスはビエテの邪魔をしないように、そっと部屋を出た。彼女はますます作業に没頭しているようだった。

「グレーンスだ」

「まだ接触はありませんか？」

　ピート・ホフマンは車の中にいる。それは確かだった。周囲の音から判断して交通量は多い。大都市。

「全部で五件、メッセージを受け取った。ほとんどハンセンのサークル外の小児性愛仲間からだ。任務を進めるために接触しなければならない三人は含まれていない」

「とにかく接触を図らないと……あなたの仕事です、警部。マイヤー、レニー、オニキス。時間がありません」

「言われなくてもわかってる。だが、あまり強引に進めるわけにはいかない――でないと怪しまれる。ビエテが全員の身元を突き止めるチャンスを失ってしまう」

「チャンスはかなり限定されています」

「だが、かならずつかんでみせる。オンラインでチャットを続けながら、虎視眈々と狙う。いざというときに全力を出しきれるように、いま行動すべきだという衝動をこらえる。忍耐。潜入捜査員にとって最も大事なツール。一流の潜入捜査員から学んだ。そうだろう、ホフマン？」

電話を切ったグレーンスが、いまではストックホルムの自宅のキッチンと同じくらい快適な給湯室でコーヒーを淹れているときだった。小さな警察署にピンという短い音が響きわたった。メッセージの通知音。彼はパソコンへ急いだが、希望はすぐに落胆となった。

〝イングリッド〟からのメッセージ。事態を打開する鍵を握る三名ではない。単なるハンセンのサークル外の接触者のひとり。したがって、グレーンスには返信する時間も気力もなかった。それでも返信せざるをえない。いかなる疑いも抱かせるわけにはいかなかった――イングリッドという人物とラッシーという人物は、チャットのログによると、毎回、互いにすぐに返信している。

やむをえずグレーンスは、小児性愛者が仲間に宛てたメッセージを開いた――またしても写真交換のリクエスト。どうにか耐えるために、これまでと同じく写真はまともに見ずに、もっぱら端に視線を向けて、子どもと目を合わせないようにした。だが、ふとした拍子に目が合った。その瞬間、心臓が止まりそうになる。

まさか……本当に？

おそらく。

なんてことだ！

あ、あの子にちがいない。

グレーンスは写真を拡大した。ワンピース。三つ編み。目――妖精の名前みたいだからという理由で、ジェニーが〝アルヴァ〟と呼んでいた少女と特徴が一致する。彼女が〝我が娘〟と呼んだ、ひと気のない駐車場で姿を消した少女。

エーヴェルト・グレーンスは身を乗り出し、ゆっくりと深呼吸をして、少しでも眩暈を振り払おうとする。

だが、無駄だった。

い、もしこれがアルヴァだったら。

写真に添えられたテキストを読むと――昔からの小児性愛仲間だと証明するために返信しなければならない――イングリッドと名乗る送信者は〝おもしろ半分で古い写真を発掘し〟、いつものように見返りの写真を求めていた。

思いがけず本物の彼女が現われた――少なくとも、本物だったにちがいない。

彼がここまで来るきっかけとなった、ふたつの墓の一方の棺に納められるはずだった少女。

グレーンスは心に決めた。

この緊急事態を切り抜けたら、鍵を握る三名とのやりとりを達成できたら、ホフマンが子どもを交換する連中のもとへ向かったら——もう一度、ジェニーに連絡しよう。彼女にどう思われていようが。彼女を恋しく思い、しばしば夢に見ていたからだけではない。この写真を見せなければならない。この少女が彼の捜している少女と同一人物かどうか、判断してもらわなければならない。

火曜　午後十時十九分（残り十五時間四十一分）

彼女はその白猫を気に入った。白猫も彼女を気に入った。心が和む笑顔の持ち主のメーキャップアーティストは、荷を解かないうちに、大きく喉を鳴らす動物を抱きあげると、赤ん坊のようにあやし、おなかを撫でたり頭をぽんぽん叩いたりしながらアパートメントを歩きまわった。ホフマンの目には、猫もほほ笑んでいるように見えた。

ビエテの寝室には、鍵のかかった引き出しの上に漆黒のフレームに縁取られた楕円形の鏡がついた、凝った装飾の古風なドレッサーがあった。メーキャップアーティストはそこに道具を置いた。三人の子どもの父親で、子どもたちの身体を傷つけることなどけっしてできない男を、娘をレイプし、その様子を撮影して他人にも同じ体験をさせるような人物に変身させるための道具。その中には、ホフマンの過去の変身で用いたものも含まれていた。石膏で取った彼の顔の型。ゼラチンとシリコンと糊、毛髪染料の容器とコンタクトレンズの箱、美容師が使うハサミ、櫛、電気カミソリ、本物の毛と植毛針の入った袋、ブラシ、綿棒、片栗粉のような用途のわからないものが詰まった瓶。

「まずは鼻ね」

鏡の右端に、これから彼がなりきる男の顔写真をテープで貼りつける。

「あなたの鼻はまっすぐでいい形をしてるけど、ピート、この写真の鼻は真ん中の部分がはっきり出っ張っている。粘土できっちり成形して、新しくできた鼻をあなたの鼻の上にくっつけるわ」

ほかの任務でマスクを作る際に、彼女がその作業を行なっていたことをホフマンは覚えていた。粘土の縁を補強して石膏を流しこみ、固まってから剝がし取って、その塊を新たな顔の特徴に合わせて彫り、その型にシリコンを混ぜた溶液を流しこんで密着させる。そうやって彼は少しずつ別人となるのだ。

火曜　午後十一時一分（残り十四時間五十九分）

目が回るような、それでいてすばらしい一時間が過ぎた。その間に、ビエテはついに、ハンドルネーム〝マスター〟がスイスのブリエンツに住むヴォルフガング・リンデンであり、〝アンクルJ〟がベルギーのブリュッセル在住のジャック・ホールだと突き止めた。さらに少しして、〝ワスプ／ジェロニモ〟の本名がトーマス・ファン・ファンデで、ベルギーのフロロンヴィル在住だと判明すると、彼女は決断を下した。そろそろいいだろう。小児性愛サークルのメンバー十名のうち八名と、ハンセンの他の接触者十一名のうち六名を特定した現時点で、関係国の警察と――きわめて慎重に――連絡を取る。そして刻一刻とタイムリミットが迫るなか、グレーンスとホフマンがそれぞれの任務を完了することを前提に、一斉逮捕に向けて準備を進めなければならない。

火曜　午後十一時三十七分（残り十四時間二十三分）

エーヴェルト・グレーンスには通知音がほとんど聞こえていなかった。疲れていたからではない。疲れていたのは事実だったが、それ以上に、ラッシー宛てのメッセージが届くたびに少しずつ希望が失われたからだった。倒錯した送信者は接触を待っている相手ではなかったが、それでも何ひとつ変わったことがないように見せるために、力を奮い起こして返信しなければならなかった。

そのせいだったのかもしれない。給湯室でコップ一杯の冷たい水を飲み、パソコンのモニターの前で何度か慎重に背中を伸ばしてから、そのメッセージを開いて送信者を見ても、すぐには反応できなかった。

オニキス。小児性愛サークルのリーダー。

だが、徐々に理解する。

ビエテが近づくのに最も苦労していた名前。それゆえ現実の世界で明らかにし、力を奪うしかない名前。

リーダーです。この男は最もたちが悪い。

ホフマンが加わろうとしている集まりの参加者三名のうちのひとり。

ほかの全員を捕まえてもリーダーを逃がしたら、彼は新たなメンバーを集めるだけです。

自制心のあるIT専門家を激怒させたサークルのメンバー。

新たなサークルを作るんです。また別の子どもがレイプされる！

警部は座ったまま勢いよく振り向いた。ビエテに知らせなければ。それに、先に進むためには手を借りる必要がある。ところが彼女は取りつく島もなかった――それどころではなかったのだ。彼女自身、成功か失敗かの瀬戸際に立っていた。

つまり、独力で対処しなければならない。

疑われることなく、顔のないリーダーに近づく必要がある。

水曜　午前零時三分（残り十三時間五十七分）

「髪の色は暗い。あなたとは対照的ね。これはラッキーだわ、ピート。暗くするほうが、明るくするよりずっと簡単だから」

彼女はメタルコームを手に取った。

「だけど、まずはカットしないと。彼の髪型はほとんどバズカットに近いわ。見たところ……十ミリね。あごも、もうちょっと幅が広いけど、もともとがっしりしてるから、バランスはこのままで大丈夫そうね」

彼女が手とハサミを用いて頭の上で作業しているあいだ、ホフマンはたいてい目を閉じて、他人にすべての責任をゆだね、つかの間の休息を取る。そうしてこわばった肩の力を抜いていたとき、ふいに彼女が手を止めた。

「ピート？」

「なんだ？」

「わたし、何か見落としてる？」

「見落とす？」

「いつものあなたは気を張ってる。カウントダウンをしているみたいに。それか逃亡しているか。だけど今日は、こんなの初めて……こんな不快感は」

そう言って、彼女はもう一度繰り返した。作り物の顔に隠れたピート自身を見つめる。

「それがいまのあなたが放っているものよ、ピート」

「気づかなかった。俺が……」

「しかも、かなり強い」

「たしかに、あんたの言うとおりだ。生きていくには、順応するには耐えがたいほど歪んだ世界なんだ。そこに足を踏み入れなければいけない。その中で演じなければ。メンバーとして認められなければ。不快感だって？　これまで経験したどんなことよりも不快だ」

彼女はカットを終えると、髪と睫毛と眉を同じ色合いのブラウンで染め、コンタクトレンズを入れた。続いて、スーツケースからビニール袋を取り出す。

「数日分の無精ひげ。その写真にはあるから、必要ね」

彼女は袋を開け、中身をトレーの上に出した。本物の毛――長さ二ミリほどの極小サイズにカットされた黒、茶、灰色のたくさんの房。

「混ぜるの――人間のひげを見て、注意深く観察すると、誰にでも基本となる色がある。でも、それ以外の色も混ざっていて……もう少し顔を上げてくれる？」

彼女はグルーブラシであご、頬、首の上のほうの皮膚を撫でてから、カットした毛を小さく丸め、下から上に向かって転がしてくっつけていく。

「触ってみて、ピート」

彼は新たな皮膚の表面をこすった。自身の三日分の無精ひげとまったく同じだが、色は暗い。

「これで見えないのか？　たとえば、いまのあんたと俺くらいに、誰かに近づいたときに――それでも気づかれないか？　この糊に」

「気づかれたら、わたしの腕が悪いってことになるわね。まだ光って見えるのが心配なら、あなたが〝片栗粉〟って呼んでるものを使うこともできるけど――髪をふっくらさせるときに使ったやつ、あのヘアスタイル覚えてる？　普段は、明るい照明を当てて撮影するときに使うの。角度によっては見えることもあるから。でも、この粉があれば解決する」

鏡に映っている男は、自分であると同時に自分ではなかった。横に貼られた写真と見比べる。これで大丈夫だろう。

「新しい顔の写真がいる。次のステップに進むために。あんたの携帯で撮ってもらえるか？」

「だめ」

「だめ？」

「まだよ。終わってないわ」

「終わったように見えるが」

彼女はカール・ハンセンの写真をもう一枚取り出して差し出した。

「よーく見て。あとひとつ残ってるのがわかるでしょ——最も目立つものが」

水曜　午前零時四分（残り十三時間五十六分）

「ビエテ？」

「グレーンスさん、時間がないんです」

「二分もかからない。俺の話を聞いたあとで、好きなだけ調べてくれ。たいして変わらないだろう」

「なんの話です？」

「オニキスだ。リーダーの。奴が俺に接触してきた――というより、仲間のラッシーに書いていると思いこんで。少し前に〝ふしだらなカトリーナ〟の新しい写真を注文してきた。要求したと言うほうが正確だろう。そういう口調だった。だから返信しておいた。いま出張中だと。アメリカに」

「出張？」

「ああ……じかに会うためにな。奴を引き寄せるために。少しずつ。カトリーナの継父はセールスマンだったから、〝出張〟と書けば、次に向こうが接触してきたときに、〝アメリカにいるから会おう〟と持ちかけても不自然じゃないと考えたんだ。それで、帰国したらすぐに写真を撮ると書き添えるつもりだ。娘を要求どおりにさせて撮影すると」

「でも？」

「なかなか返事が来ない。少し不安になってきた。もし……しくじったら？　チャンスを台無しにしたら？　多く書きすぎただろうか。あるいは少なすぎたか。なれなれしすぎたか。よそよそしすぎたか。ここに座って、集まりに参加するきっかけを待つうちに、ほかのことがいっさい考えられなくなった。あんたに読んでほしい、ビエテ。時間がないのはわかっている。だが、もう一度メッセージを送るべきか、口調を変えるべきか、もっと何か申し出るべきか、彼のレーダーをかいくぐるためにもっとできることはないか、判断してほしいんだ」

水曜　午前零時五分（残り十三時間五十五分）

「ほら、右目の横。傷痕。長さ一・五センチほどの。ほとんど消えかけているけど。たぶん、ずいぶん前の傷ね」

メーキャップアーティストはカール・ハンセンの写真を指さした。ちょうど右眉とこめかみのあいだ。

「写真と実物を同じにしようと思ったら、最初に目がいくところよ」

ホフマンも気づいた。細長い傷痕。子どものころにできて一生消えないような。木から落ちたか、新しい自転車で事故に遭ったか、対戦相手のホッケーのスティックが当たったのか。

「この小さな瓶と小さなブラシがあれば、再現するのは難しくないわ。問題は、一日しか持たないということ。一日経ったら、またやり直さないといけない」

「今回は長旅になる。現地でいくつか調達するものがあるし、睡眠時間も必要だ。最低でも二日はかかるだろう」

「じゃあ、こうしましょう――いまから傷痕をつけるから、よく見て、自分でもできるようにして。写真に撮って、必要なところに送るわ。ブラシ、スポンジ、専用の糊、傷メイク用のリキッドは持っていって。向こうに着いたら、そのへんのドラッグストアでクレンジング剤を買って、いまからわたしがつける傷痕を洗い流して。それから自分で作り直すのよ」

彼女の言ったとおり、簡単な作業だった。少なくともそう見えた。リキッドをブラシに取ってそっと塗ると、皮膚が収縮したようになり、本物のえぐれた傷痕に見えた。その上からスポンジで糊を軽く叩くように塗り、仕上げに通常のパウダーをはたく。この目の横の傷が本物でないとは誰も思わないだろう。

「これでよし――じゃあ、まっすぐカメラを見て」

彼女が完成したばかりの新たな顔を写真に撮ると、ホフマンはそれをイステゲーゼの地下室へ転送した。自分に割り当てられた準備はじきに終わるだろう。グレーンスとビエテもうまくやっていることを祈るばかりだった。

水曜　午前零時六分（残り十三時間五十四分）

「文章は問題なさそうですね。いい返信です。自分で思っているより才能がありますよ、グレーンスさん」

「それなら、とくに変えたりしなくても――」

「いまは我慢の時です。どんなことがあろうと、不安をおもてに出すのはだめです。再度送るのも、取り消すのも。彼が読んで、向こうから質問してくるのを待つんです」

水曜　午前零時七分（残り十三時間五十三分）

「ところでグレーンスさん、邪魔されたついでに、話しておくことがあります」

「なんだ？」

「現時点で身元が判明している人物の国の警察に、たったいま連絡を取ったところです。アメリカ、イギリス、ベルギー、イタリア、オランダ、スイス、ドイツ」

「つまり、すべてが台無しになる可能性があるということか。どこかから話が洩れたら。警告が鳴らされたら」

「ええ。でも、仮に全員を同時に逮捕するために共同作戦を遂行するとしたら、どこかのタイミングで計画を立てはじめる必要があります。そして、もうこれ以上先延ばしにはできません」

「決めるのはあんただ」

「〝眠りの精〟作戦」

「なんだって？」

「今後、この作戦はそう呼ぶことになりました」

「繰り返すが、ビエテ、決めるのはあんただ」

「同僚たちは国際協力に名前を求めるんです。『眠りの精《オーレ・ルゲイエ》』はハンス・クリスチャン・アンデルセンの作品です……この任務はデンマークが主導するので。それに、ここだけの話、名づけたのはわたしです。こういったことは得意じゃないんですが」

「文句なしだ」

「スレイプナー作戦は知っています。スウェーデン初の大規模な作戦で、実際の小児性愛サークルではなくて、ウェブサイトからクレジットカードで児童ポルノを購入した顧客を検挙しましたよね。それからファルコン作戦も。そっちのほうがずっとカッコいいけど——

——」

「文句なしだ、ビエテ。おやすみなさい」

調子っぱずれの歌を聞いて、彼女は驚いてグレーンスを見た。

「『眠りの精』は、最初に会ったときに話した少女の葬儀で歌われた子守歌だった」

グレーンスはまたしても歌った。大声で、音をはずして。

「よい夢を。おやすみなさい」

つかの間、彼女は自分たちがなぜここに座っているのかを忘れそうになった。だから一緒に歌ったのだろう。

水曜　午前六時二十四分（残り七時間三十六分）

「さっさと入れ」

イステゲーゼの地下室のドアを開けたピート・ホフマンは、今度は煙草の煙の靄に対して身構えていた。コペンハーゲン一の腕利きの仲介者からの、長く手荒い抱擁にも。

「今日はイケてるじゃないか。バズカットもでかい鼻も似合ってるぜ」

ソンニィは火のついた煙草を掲げてこちらに向けた。煙は部屋の中にあるものをぼやけさせているが、完全に隠してはいない。

「コーヒーは？　酒にするか？　それとも、あいかわらず急いでるのか？」

「あいかわらず急いでる」

「じゃあ次回だな」

「言っただろう、次回はない。今回が最後だ」

「それがあんたの決まり文句だ」

地下室に並んだテーブルのひとつに、出来上がったばかりのパスポートが置かれていた。ソンニィはそれを手に取ると、やや気を取られた様子でぱらぱらとめくった。

「新しい外見。新しい名前。新しい社会保障番号。あんた自身もデンマーク市民になったようだな」

限りなく本物に近い偽造パスポート。署名済みで、デンマーク当局によって発行され、正しい番号とセキュリティ機能が付与されている。ピート・ホフマンは加工済みの自身の顔の写真を見つめた。カール・ブライアン・ハンセン。三歳若く、誕生日は一月になった。

「武器は？　それから、俺が自分で用意する時間がなかったものは？」

「サンフランシスコに着いたら、タクシーに乗って、オークランドに渡る橋から遠くないエコノミーホテルへ向かってくれ。〈グリーン・トータス・ホステル〉。レストランはたいしたことないが、ビリヤード台や、あまり冷えてないコカ・コーラの冷蔵ケースや、古いペーパーバックが入ったガタガタの棚なんかが置いてある。キューを取って四と五の球を適当に突きながら、ある人物が現われるのを待つんだ。あんたより二十センチ背が低くて、四十キロ太っている。そいつがナインボールに誘う。スティーヴン。カリフォルニアのソンニィだ。もちろん俺ほど魅力的じゃないが、なかなかいい奴だ」

「スティーヴン？」

「スティーヴとは呼ぶなよ。スティーヴィーとも。でないと、別の奴に準備を頼むはめになるからな」

「あんたのパートナーか？」

「持ちつ持たれつの関係だ。俺は、ストロイエの店では手に入らないようなものを必要とするアメリカ人を助けて、スティーヴンは、商売道具を飛行機に持ちこめないスカンジナビア人に手を貸すというわけさ」

ピート・ホフマンはジャンパーの内ポケットから分厚い茶封筒を取り出して、それまでパスポートのあったテーブルの上に置いた。

「希望どおり、使用済みのドル紙幣だ」

「出どころは？」

「北アフリカ」

「きれいな金だという保証はあるのか？」

「いまはもう存在しない人身売買グループ。それ以上は知らなくていい。あんたがパスポートや武器の調達先を言いたいんなら話は別だが」

「そのとおりだ――それ以上は知らなくていい」

　煙の充満した地下室を後にすると、深呼吸をしたような気分だった。と同時に、二十四時間のうちの十七時間が過ぎたことに気づく。したがって、ソンニィに勧められて断わったコーヒーを手に、ヘルムトーウの曲がりくねった石畳の道に置き去りにされた籐椅子に腰を下ろしたのは、リストの項目をさらに消すためだけでなく――手荒な抱擁、片栗粉、市民、鳥用GPS、USBカメラ、半袖シャツ、電波妨害装置、ツナ――三人のうち、ただひとり任務完了からは程遠い人物に電話をかけるためでもあった。はたして、彼はホフマンに負けず劣らず苛立っているようだった。

「もしもし、グレー――」

「どうですか？　そっちの状況は？」

「頼むから散歩にでも行ってくれ。それとも寝るか。とにかく俺に構うな」

「把握しておかないと、エーヴェルトさん。俺たちがどんな状況にいるのか」

「よくなるものか。いくらおまえが何度も電話してきて、しつこく訊きつづけてもな」

「どういう意味です？」

「やっと接触した。リーダーと。おまえのターゲットだ、ホフマン。だが返信がない」

「参加できるかどうかの問いかけに？」

「なしのつぶてだ」

「どうするんですか、俺たちは、俺は――」

「言われなくてもわかってる。目の前にあった時限爆弾が、いまにも腹の中で爆発しそうな気分だ」

水曜　午前七時五十二分（残り六時間八分）

「グレーンスさん？　声が大きいですよ」

「すまない。ちょっと興奮してな」

「おかげで、あなたの言葉が聞こえました」

「次は部屋の外に出よう」

「そうじゃなくて――あなたの言葉の意味に気づいたんです。だからホフマンと同じことを訊きます。でも違う答えが聞きたい。グレーンスさん、いったい、いつになったら準備ができるんですか？」

「こうなったら俺は――」

「座ってください」

「どうにもならなくなったら手を引くという約束だったじゃないか」

「聞いてください――一度しか言いません。ホフマンはやるべきことをやりました。出発する準備はできています。わたしはいま、自分の仕事を終えました――外部の最後の五人を突き止めたんです。ハンドルネーム〝イージー〟はウェールズ、〝ルート〟はオランダ、〝ジュリア〟と〝イングリッド〟と〝マリエット〟は、それぞれアメリカの東部と南部の異なる州に住んでいます。全員、住所の確認が取れました。サークル内で残っているふたり、IPアドレスをホッピングさせている〝オニキス〟と〝レッドキャット〟――この二名に関しては、前にも言ったように、追跡にはもう少し時間がかかります。オニキスを現地でホフマンに任せれば、わたしたちはこれ以上待てなくなった場合でも、最後のひとりを切り捨てるだけで済みます。目下、関係各国の警察の代表者が、最初の打ち合わせのためにコペンハーゲンに集まっています。わたしもこのあとすぐに向かいます。他人に自身の子どもを虐待させるような残忍な親の一斉逮捕に備えて。だからグレーンスさん、あなたも早く自分の問題を解決してください」

水曜　午前八時四分（残り五時間五十六分）

いつもなら、この時点でエーヴェルト・グレーンスはテーブルや戸棚に手を叩きつけるか、吊り下がったランプなど、抑えのきかない怒りの矛先となるものはなんでも殴りつけていた。オフィスの窓を開け、物分かりの悪い連中ばかりの警察本部の中庭に向かって怒鳴り散らしているころだった。ところが、いまはビエテに背を向けて座っているだけだった。身じろぎひとつせず、声も出さずに。魂が抜けたように。

彼らの言うとおりだ。

グレーンスは後先考えずに突き進んできた――最初はデンマーク警察、続いてホフマン一家に掛け合い、ふたりの少女の墓から始まった道をたどるよう説得した。そして紆余曲折を経て、ようやくここまで、あと一歩というところまで来たというのに、これ以上先に進めないのは、もっぱら彼ひとりの責任なのだ。小児性愛サークルの非道なメンバーたちが、子どもを交換する目的で集まる場にホフマンを送りこむべく、三人で役割を分担してから、二十四時間の持ち時間のうち十八時間が過ぎた。

13-11-2019 08:15:43 Message from 133438297: 完璧だ。期待してるぜ……

だが、そのとき――けっしてあきらめない警察官が、あきらめようとしていたとき――待ちわびた返信が届いた。

全員が待ちわびていた。

秘密サークルのリーダーからの接触。

13-11-2019 08:15:51 Message from 133438297: ……激しいヤツを頼む。前回より、はるかに激しいのをな

自分が顔を真っ赤にして震えていることに、エーヴェルト・グレーンスは気づいていなかった。

だが、怒りのせいではなかった。強い危機感のせいだった。然るべく行動しなければならない。というよりも、ミスは許されない。

手が激しく震えるあまり、キーボードの上に置いてもキーを押すことができず、返信を書くためにもう一度キーを打ち直さなければならなかった。

13-11-2019 08:19:51 Message from 238437691: 了解。帰ったらすぐに
13-11-2019 08:22:12 Message from 133438297: 帰ったら?
13-11-2019 08:24:40 Message from 238437691: 出張だと言っただろう。いまはアメリカにいる

慎重に近づく。

顔のない男どうしの対面。

返信ひとつで、秘密の扉をもう少しだけ押し開けられるか、あるいは永久に閉ざしてしまうかが決まる。

他人との関係においては、その相手が異常であれ健全であれ、適切な行動を取るのが苦手だということは自覚していた。そして、前のメッセージについてビエテに尋ねたときに、彼女も自分と同じで、社会の羅針盤を持っていないことに気づいた。優秀かつ聡明な女性で、親しみやすく、正義のためには努力を惜しまないが、感情のアンテナの感度は弱い。うまく言いくるめてこの捜査に巻きこんだ、もうひとりのコンピューターの専門家、ストックホルムの若きビリーを彷彿させる。彼に助言を求めることも現実的ではない。

この問題については熟考し、人間の心を開かせる直感的な洞察力の持ち主に相談したかった。正しい方法に導いてくれる相手に――この扉を開くための鍵に。だが、エーヴェルト・グレーンスには、ほかに心当たりはほとんどなかった。かろうじて助けになってくれそうな者、人の懐に入るのがうまい人物には頼むことができない。そうした気配りが過剰なくらいのスヴェンにも、人間の行動をしっかりと理解している上司のエリック・ウィルソンにも、連絡を取るわけにはいかない。自分の居場所もその理由も知られてはならないからだ。

男性の友人ふたり。それだけ。

かつては女性も何人かいた。アンニには、介護ホームに入居してからも話しかけ、彼女なりの方法で答えてくれていたが、いまでは墓の中で静かに眠っている。自身の檻を破るのに手を貸してくれたラウラは、死体を切り刻むという、この世で最も非人道的な仕事をしていながらも物腰のやわらかな女性だった。だが、もう二年近く連絡を取っておらず、いまさら電話することなどできない。人身売買の捜査でベングトが遺体安置所で吹き飛ばされ、未亡人となったレーナ――彼女とはわりと定期的に会っており、人の心を理解できるのはわかっているが、彼女に相談するのも違う気がした。何しろ亡き夫の世界にかかわる問題であり、夫の親友として、そこから彼女を守るのがエーヴェルト・グレーンスの仕事だったからだ。それから墓地で出会ったジェニーは、まだ完全に忘れられないものの、向こうは二度と会いたくないと思っている。そしてもうひとり、忘れてはならないのがヘルマンソン。彼にとっては最も大事な存在だが、先日、やっとのことで電話に出たと思ったら、いまや電話番号を変えて避けられている。彼女なら申し分なかった。この問題について、非の打ちどころのない答えを出しただろう。何をどう書けばいいのか、よく理解しているはずだ。

ほかにはいなかった。

振り出しに戻った。ひとりに。

時間が刻々と過ぎるなか、グレーンスは自分——すなわちラッシー、そしてそれを演じるホフマン——が、決着がつく場にうまく参加するための言葉を考えあぐねていた。

水曜　午前十一時四十四分（残り二時間十六分）

ともにカストルプ空港へ向かい、出発ロビーまで送ると、セキュリティゲートへ進む途中で振り向いて手を振る女性に向かって、ピート・ホフマンは手を振り返した。二度と彼の変身は手がけないメーキャップアーティストに向かって。ソンニィは間違っている——

次回などない。

およそ二十二時間。

周囲の旅行者が、重量オーバーのスーツケースを詰め直したり、見たこともない鮮やかな色の通貨に両替したり、液体物をジッパー付きのビニール袋に入れ替えたり、別れを惜しんでじっと見つめ合ったりするなか、ホフマンはたたずんでいた。

グレーンスから連絡はなかった。

水曜　午前十一時四十四分（残り二時間十六分）

沈黙。それが唯一の返信だった。

エーヴェルト・グレーンスはパソコンの画面をじっと見つめたが、画面は目を合わせようとはしなかった。何度も何度もチャットのページを更新する。ネットワークが接続されているかどうか確かめる。前回のメッセージが本当に送信されているか、〝送信済み〟のタブを開いて確認する。

にもかかわらず、パソコンは黙ったままだった。

水曜　午後二時

タイムリミット。持ち時間は尽きた。

いまだ返信はない。

オニキス、彼らが捜し求めているリーダー、ビエテに言わせるとすべての鍵を握る人物は、あいかわらず姿を現わさなかった。怪しいと考え、用心深くなり、匿名のネットワークの世界に逃げこんでしまったのかもしれない。ほかでもない、言葉遣いを誤って警戒させたグレーンスのせいかもしれない。

終わった。

匿名の人物を追跡する苦労が水の泡となった。

集まりには潜入できない。

もはや青い蝶が髪にとまった少女の行方を捜すすべはない。

水曜　午後六時二分

ようやく届いた――だが、タイムリミットの四時間後に。次のメッセージが。

13-11-2019 18:02:09 Message from 133438297: ＯＫ

グレーンスはためらった。そもそも返信する意味があるのか？　もはや手の届かない男のために、ほかのメンバーの逮捕を危うくしてまで。たとえビエテがこの男をどれだけ重要だと考えていたとしても。

13-11-2019 18:02:15 Message from 133438297: 楽しい旅を

だが、続くメッセージ――〝楽しい旅〟――が、子どもへの性的虐待に対するあからさまな要求とは無関係だと気づくと、グレーンスはふたたび力がこみ上げるのを感じた。

これは勇気だ。試してみるだけの価値はある。

彼はあらかじめ考えていた文例のメモを押しやると、できるだけシンプルに返事を書いた。

13-11-2019 18:06:32 Message from 238437691: こっちにいるうちに会わないか？

13-11-2019 18:07:04 Message from 133438297: ルール違反だ

13-11-2019 18:07:52 Message from 238437691: これを逃したら次のアメリカ出張はいつになるか……それでも？

エーヴェルト・グレーンスはもう震えていなかった。すでに時間が小児性愛サークルのリーダーに通じる唯一の扉を閉ざしていたからだ。

木曜　午前二時九分

八時間かかった。グレーンスは町を何周か歩いた。食事をした。荷物をまとめ、翌朝、帰国の途に就くついでに、コペンハーゲンのビエテのオフィスに寄って最後の報告をすると告げた。ふたたび食事をした。すると、真夜中に奇妙な返信が届いた。

14-11-2019 02:09:44 Message from 133438297: おまえの家はどんなだ？

どういう意味か？

合言葉か何かだろうか？

試されているのか？

それとも文字どおりの意味なのか？

先ほどまでのビエテと同じく、エーヴェルト・グレーンスに選択肢はなかった。会話が完全に終わるまで続けるしかない。しかも危険を冒しながら。ひとつ確かなことを書く。彼らは、こうしたことを互いに知らないはずだ。

14-11-2019 02:12:15 Message from 238437691: 俺はおまえの家をまったく知らない

初めて間髪をいれずに返信が来た。

14-11-2019 02:12:32 Message from 133438297: こっちは全部知ってる。説明してみろ

やはり試されているのだ。

サークルのリーダーの信頼を得るに越したことはないが、彼は本当にハンセンの家について何か知っているのか？　実際に会って交流する機会があるとすれば、それまでのあい

だは、一部の情報を隠したままにしておくのが普通なのだろうか？

14-11-2019 02:13:53 Message from 238437691: デンマークに住んでいる。レアダルという町

14-11-2019 02:14:05 Message from 133438297: それから？

14-11-2019 02:14:46 Message from 238437691: 中心街。小さなパン屋の上

14-11-2019 02:15:04 Message from 133438297: それから？

グレーンスは息を吐いて、吸った。精いっぱい慎重に進めなければならない。これまでのところ、運よく失態を演じずに済んでいる。何しろ、実際に入ったことがあるのだ。ハンセンの家に。しかも何度か、ビエテの指示に従って証拠品を集めるために。

14-11-2019 02:15:58 Message from 238437691: 灰色の正面。入り口は中庭側。三部屋

これでじゅうぶんか？

コンピューターに精通した者なら、ハンセンの正体を知っていれば、それくらいは調べ

られるだろう。だが、内部は？　中に入ったことがなければわからないはずだ。そして、それはありえない。ビエテの調べによれば、ふたりは一度も会ったことがない。

次の返信はなさそうだった。画面の向こうにいる顔のない男は、このまま続けるべきか迷っているようだ。グレーンスは決断した。

尋ねるんだ。いま。いちばん肝心なことを。

14-11-2019 02:22:33 Message from 238437691: 言われたとおりにした。自分のことを明かした。これで仲間に入れるか？

警部はその短い三つの文を何度も読み返した。

そして待った。

じっと。

固唾をのんで。

パソコンの通知音を。

返信。

14-11-2019 02:47:24 Message from 133438297: ＯＫ。俺たち三人に合流しろ。カリフォルニア、サンタマリア。木曜。正午。プライスカー公園の小さな噴水がある池のほとり

やった。

ついにやった！

エーヴェルト・グレーンス警部は仲間入りを果たした。

つまり、小児性愛者カール・ハンセンは仲間入りを果たした。

つまり、潜入捜査員ピート・ホフマンは仲間入りを果たした。

木曜。正午。プライスカー公園の小さな噴水がある池のほとり。

エーヴェルト・グレーンスの身体の奥深くから、興奮した喜びがこみ上げてきた。たぶん、ついさっきまで強い不安が鎌首をもたげていたのと同じ場所から。自然と湧き出てきた心からの感情は、こわばった全身の筋肉をほぐした——現実に引き戻されるまで。搭乗手続き、大西洋を渡り、その後、アメリカ東海岸から西海岸までのフライト、税関、そしておそらくホフマンが手配したにちがいない荷物を車に積みこみ、そこから今度はサンタマリアへ向かい、少しばかり仮眠もとる。グレーンスが自身の任務を完了するのに余計に

かかった十三時間は、まさしくホフマンが指定の時刻までに現地にたどり着くのに必要な時間だった。

もはや手遅れだ。

木曜　午前二時五十四分

「ホフマンか？　グレーンスだ」

「警部？」

「いい知らせと悪い知らせがある」

「先にいいほうを」

「やっと……どこにいるんだ？　ずいぶんやかましいが」

「外です。人が多くて騒がしいんです」

「とにかく、やっと入り口にたどり着いた。中に入れるぞ。おまえが奴らの集まりに招かれたんだ。三人に会える。大物も含めて――リーダーだ」

「で、悪い知らせというのは？」

「おまえに連絡するのが半日遅れた。それが何を意味するかは、わかっている」

木曜　午前二時五十六分

「グレーンスさん？　ちょっと待っててもらえますか？　やることがあるんです。切らないでください」

「何してるんだ？」

「セキュリティチェックです。金属探知機を通って」

「もう家に向かってるのか？　コペンハーゲンか？　ストックホルムか？」

「サンフランシスコ国際空港です」

「サン……フランシスコ？」

「ちょうど飛行機を降りたところです。こっちは暖かくて快適ですよ。デンマークとは違って」

「まさか……ホフマン――そっ、そっちにいるのか？」

「搭乗券を持ってたんです。別の用事でカストルプ空港まで行って。それで、あなたが本当にうまくやって、そのときに俺のいる場所が遠すぎて役に立たなかったら、悔やんでも悔やみきれないと思った。で、一か八か賭けてみたんです。あなたに、グレーンスさん」

木曜　午前三時二分

「ビエテ？」

「どうしたんですか？」

「眠ってたか？　まだコペンハーゲンか？」

「家に帰って、ツナとボール遊びで猫の機嫌をとっていましたが、いまは国家警察本部に戻るところです。まだ準備が終わっていないので——七カ国の警察関係者を招集しているんです。たとえすぐに会議が中止になっても、ここまで来た甲斐があったと思ってもらわないと」

「いい知らせがある。すばらしい知らせだ」

「それは……なんでしょう？」

「やったんだ！　奴らの集まりに参加できる」

「だけどホフ——」

「——マンはすでに向こうにいる」

「向こう？」

「予定どおりの場所だ。時差があるから、俺の計算が正しければ、サンフランシスコはいま水曜の夜六時だ。彼ならやってくれるぞ。ビエテ、奴らは袋のネズミだ！」

コペンハーゲン、木曜　午前三時四十八分
サンフランシスコ、水曜　午後六時四十八分

ガラス窓越しに見つめる入国審査官——シャツのボタンをいちばん上まで留め、髪をきっちり横分けにした男性——の前に立ったとき、ピート・ホフマンはカール・ハンセンとなった。どれだけ嫌悪感を抱こうが、いまや外見も中身もハンセンになりきらなければならない。明日、噴水のある池のほとりで彼らと会う際に、いっさい綻びを見せてはならないのと同様に。

彼は細長い隙間から偽造パスポートを差し出して、笑みを浮かべた。

潜入捜査員としての前提条件は理解していた——犯罪者を演じられるのは、犯罪者だけだ。

潜入捜査員の生活で最も重要なルールを受け入れてきた——つねに、ひとりきり。自分だけを信じろ。

たとえ、どれだけおぞましい犯罪においても。

（下巻へ続く）

〈訳者略歴〉
清水由貴子　上智大学外国語学部卒，英語・イタリア語翻訳家　訳書『三時間の導線』ルースルンド（共訳），『六人目の少女』カッリージ（以上早川書房刊）他多数
下倉亮一　スウェーデン語翻訳者　訳書『三日間の隔絶』ルースルンド（共訳／早川書房刊），『減量の正解』ヘミングソン他

HM=Hayakawa Mystery
SF=Science Fiction
JA=Japanese Author
NV=Novel
NF=Nonfiction
FT=Fantasy

三年間《さんねんかん》の陥穽《かんせい》
〔上〕

〈HM㊴-15〉

二〇二三年五月二十日　印刷
二〇二三年五月二十五日　発行
（定価はカバーに表示してあります）

著者　アンデシュ・ルースルンド
訳者　清《し》水《みず》由《ゆ》貴《き》子《こ》
　　　下《した》倉《くら》亮《りょう》一《いち》
発行者　早川浩
発行所　株式会社　早川書房
郵便番号　一〇一 - 〇〇四六
東京都千代田区神田多町二ノ二
電話　〇三 - 三二五二 - 三一一一
振替　〇〇一六〇 - 三 - 四七七九九
https://www.hayakawa-online.co.jp

乱丁・落丁本は小社制作部宛お送り下さい。
送料小社負担にてお取りかえいたします。

印刷・三松堂株式会社　製本・株式会社フォーネット社
Printed and bound in Japan
ISBN978-4-15-182165-3 C0197

本書は活字が大きく読みやすい〈トールサイズ〉です。